Thiebold Gart

Joseph - biblische Komödie - 1540

Thiebold Gart

Joseph - biblische Komödie - 1540

ISBN/EAN: 9783743429819

Hergestellt in Europa, USA, Kanada, Australien, Japan

Cover: Foto ©Andreas Hilbeck / pixelio.de

Manufactured and distributed by brebook publishing software (www.brebook.com)

Thiebold Gart

Joseph - biblische Komödie - 1540

JOSEPH.

BIBLISCHE KOMÖDIE

VON

THIEBOLD GART.

1540.

STRASSBURG.
KARL J. TRÜBNER.

LONDON.
TRÜBNER & COMP.
1880.

Buchdruckerei von G. Otto in Darmstadt.

EINLEITUNG.

Aeussere Gründe vereitelten in vorgerückter Stunde unseren Wunsch als zweiten Theil dieser Sammlung Moscheroschs *Insomnis cura parentum* folgen zu lassen, ein Werk, dem seine culturgeschichtliche Bedeutung und der schlichte herzliche Ton auch in weiteren Kreisen eine gute Aufnahme versprechen. So tritt jetzt der für einen späteren Band in Aussicht genommene Joseph des Thiebold Gart in die Lücke, freilich in leichterer Rüstung. Doch es scheint überhaupt an der Zeit die Erforschung der ausgedehnten und schwer zugänglichen dramatischen Litteratur des sechzehnten Jahrhunderts durch rasche Mittheilung hervorragender Stücke, einfache kritische Neudrucke nach Art der Hallenser, zu fördern.

Den poetischen Werth unserer biblischen Komödie hat zuerst Scherer gewürdigt und sie zu den „bedeutendsten und einflussreichsten deutschen Spielen" der Zeit gestellt; Geschichte des Elsasses S. 295 f., Allgemeine deutsche Biographie Art. „Gart". Für die vielfach in weiter Verzweigung abhängigen Dramen jener Periode, die *dramata sacra* zumal, ist eine Betrachtung nach Stoffen geboten; auch Garts Werk nur das Glied einer langen Kette, selbst angeregt durch vorausgegangene Versuche, dann seinerseits schwächer oder stärker massgebend für die Zukunft. Eine eingehende Darlegung dieser Filiation dürfen wir von Scherer erwarten, der einige vorläufige Andeutungen a. a. O. und besonders im Anschluss an Greffs und Majors „Jacob und seine Söhne" Deutsche Studien 3, 29 gegeben hat.

Garts „Joseph" ist am Sonntag nach Ostern 1540 von Schlettstädter Mitbürgern aufgeführt worden, allem Anscheine nach das erste und einzige Werk des Verfassers, über dessen Verhältnisse das Archiv seiner Vaterstadt leider keinerlei Auskunft bietet. Gart war Protestant und besass classische Bildung. Ovid war ihm ebenso geläufig wie die heilige Schrift.

Die Geschichte Josephs in Aegypten wird seit der Mitte der dreissiger Jahre ein Lieblingsgegenstand des zu neuer Blüthe gediehenen geistlichen Schauspiels. Die Niederlande, Magdeburg, die Schweiz gehen voran. Als grundlegend muss ein uns verlorenes oder bisher verborgenes Stück angesehen werden (Scherer D. St. 3, 37). Bemerkenswerth scheint mir, dass neben anderen Spielen auch eines „vom Ertzvatter Jacob, vndt seim son Joseph", wol nur skizzierte Scenen, 1494 in Löwen aufgeführt wurde (Archiv für Litteraturgeschichte 9, 29).

Da die zu erschliessende erste Vorlage nicht bekannt ist, muss eine spätere lateinische Komödie aus den Niederlanden den Ausgangspunkt bilden. Der Jesuit C. Crocus liess 1535 seinen Joseph in Amsterdam von Schülern darstellen und 1536 im Druck erscheinen. Er strebt deutlich nach Concentration und Einheitlichkeit: *neque tamen totum beati Joseph vitam sumpsimus tractandam, nec enim ea unius comoediae res foret, sed a tentatione duntaxat herae, usque ad liberationem eius e carcere.* Er führt uns sofort in das Haus Potiphars und füllt seine beiden ersten Acte — abgesehen von einigen Dienerscenen und Betrachtungen über das heutige Gesinde, mit denen Potiphar an glücklich gewählter Stelle einen Bericht über Josephs Schicksale verbindet — durch den Handel zwischen Joseph und der Herrin Sephirach aus. Pädagogische Zurückhaltung gebot ihm den letzten thätlichen Angriff auf die Keuschheit des schönen Dieners hinter die Scene zu verlegen. Geschick in der Steigerung und in der ablehnenden Resignation Josephs beim Verhör ist nicht zu verkennen, die Vorführung des sinnlichen Begehrens aber zu breit rhetorisch, matt, leidenschaftslos, mitunter sentenziös zugespitzt. Langsam, ja träg vollzieht sich während des dritten und vierten Actes Josephs Vernehmung und Einkerkerung. Hingegen wird im fünften, der etliche Jahre später spielt, die Befreiung kunstlos übers Knie gebrochen: Hanno, der Schenk, holt Joseph, der ihm einst seinen Traum gedeutet hat, aus dem Kerker zu Pharao. Einen dramatischeren Abschluss hätte die Hinzufügung einer neuen letzten Scene geliefert: Pharao erzählt seine beunruhigenden Gesichte, Joseph erklärt sie, Joseph wird zum Statthalter erhoben. Als dramatisch dankbarstes Motiv hat schon Crocus die Begierde der Frau nach verbotenem Liebesgenuss erkannt. Die damaligen Terenzianer und Plautiner vermochten, und zum Theil in genialer Weise, einen lüderlichen Jüngling und eine verführerische Lais zu schildern, die biblischen Stücke zeigten tugendhafte kalte Liebes- und Ehepaare — hier war Gelegenheit einen stürmischen Conflict zwischen Neigung und Pflicht, Liebesleidenschaft und Frauenehre zu veranschaulichen.

Das historisch hoch anzuschlagende Auswahlverfahren des Crocus konnte es nur zu einem Fragment bringen, wofür die Vertrautheit der Zuschauer mit der Patriarchengeschichte nur eine sehr unzulängliche Entschuldigung gibt. Greff und Major drängen die gesammten Ereignisse von Josephs stolzem Traum an bis zu Jacobs und der Brüder endlicher Uebersiedlung nach Gosen in fünf Acte zusammen. Für Gart verstand sich eine Ergänzung von selbst, da er ebenso wie Jörg Wickram als Elsässer den nachbarlichen Schweizern eine halbepische Technik abgesehen hatte. Aber er erhob sich über das rohe rein stoffliche Interesse, das dem Volkstheater des sechzehnten Jahrhunderts anhaftet, hinaus zur Analyse der Affecte. Scherers Werthschätzung Garts, namentlich der „psychologischen Entwicklung", beruht in erster Linie auf den leidenschaftlichen Monologen der Sophora im zweiten Acte, die ich gleich nachzulesen und für meine folgende Erörterung stets vor Augen zu halten bitte. Unsere Bewunderung für die pathetische Wiedergabe streitender Gefühle und des Sieges einer übermächtigen Empfindung schwindet nicht, wenn wir die „nach damaligem Massstab ausgezeichneten" Reden als Entlehnungen erkennen. Während andere in plumper Weise schon durch die Namengebung nur die geile *Moecha* vorführten, wollte Gart das von einer unwiderstehlichen Leidenschaft bemeisterte Weib charakterisieren und lehnte sich kühn an Ovid an. Kühn war es in eine geistliche Dichtung lange Abschnitte aus dem in der Darstellung der Liebe virtuosen Römer einzuflechten, kühn überhaupt eine Nachahmung des Ovid gerade im Elsass, wo die Geringschätzung der unsittlichen heidnischen Poeten seit Wimphelings 'Tagen wol gemildert, aber nicht aufgehoben worden war. Strenge Christen neigten noch immer zu catonischer Verpönung und Gerhard Lorich von Hadamar hatte in der „Zuschreibung" zu Wickrams Metamorphosen Mühe das Wagnis mit der etwas gezwungenen Beweisführung zu beschönigen, dass darin *die vntugent verdeckter weiß gestrafft wirdt*.

Metam. 9, 449 ff. wird die Geschichte der schliesslich in eine Quelle verwandelten Byblis erzählt: *Byblis in exemplo est, ut ament concessa puellae*. Sie nährt eine verbrecherische Liebe zu ihrem Zwillingsbruder Caunus. Im Halbschlummer gaukelt ihr ein berückender Traum inbrünstigen Genuss vor. Erwachend hält sie einen langen, wie alle ovidischen höchst dramatischen Monolog, v. 473—515. Die grössere erste Hälfte konnte Gart nicht brauchen, da Byblis zunächst die erträumte Lust nachkostet und dann mit kecker Dialectik das unselige Hindernis der Blutsgemeinschaft wegräumen will. Liegt nicht genaueres anderswoher zu Grunde, wie ich vermuthe, so gab v. 481 *Pro Venus, et tenera volucer cum matre Cupido* den Anstoss zu Garts bewegter Einleitung. Sehr geschickt sind dann einige Verse aus dem Monolog der Medea über ihre plötzlich erwachte Liebe zu dem Fremdling Jason verwerthet worden, indem v. 634 *Treib auß deim keüschen hertzen treib* bis v. 644 *Nach disem Hebreischen knecht* genau Metam. 7, 17 ff. entsprechen:

Excute virgineo conceptas pectore flammas,
si potes infelix. Si possem sanior essem.
Sed trahit invitam nova vis; aliudque cupido,
mens aliud suadet. Video meliora, proboque
deteriora sequor. Quid in hospite, regia virgo,
ureris . . . . .

Den folgenden Gedanken dass der Knecht Joseph so tief

unter ihr stehe — man vergleiche, wie Hoffmannswaldaus Emma das Motiv in der Heroide an Eginhard auspresst — wenden andere dahin, dass der Diener sich durch die Neigung der Herrin geschmeichelt fühlen müsse; so Diether 4, 2 *habes adolescens foeminam, seruusque heram 'matronam nobilem,* Hunnius 3, 1 *benignitatem herilem quis seruos datam non amplectatur cupide?* u. s. w., Schlayss (Zyrl) I 4, 3 *vnd wie kanstu eins Fürsten weib so verschmehen mit deinem leib?*

Nun setzt Gart v. 646 f. *Warkumm ich hin, was foch ich an? Du schändtlichs fewr, weich weit hindan* mit Anleihen aus dem ersten Byblismonologe ein: Metam. 9, 508 *Quo feror? Obscoenae procul hinc discedite flammae.* Die Verse *Solt mich erbitten — han erdacht* (648 ff.) = 9, 512 ff.

> *Ergo ego, quae fueram non rejectura petentem,*
> *ipsa petam? Poterisne loqui? poterisne fateri?*
> *Coget amor, potero: vel si pudor ora tenebit,*
> *littera celatos arcana fatebitur ignes.*
> *Hoc placet; haec dubiam vincit sententia mentem.*

So erfahren wir auch, warum Gart seine Heldin plötzlich den Beschluss eines schriftlichen Geständnisses fassen lässt, ohne jeden praktischen Fortgang, wie ihn doch der Anschlag des Vorbildes bei Ovid nimmt. Aber Gart erzielt mit vollem Bewusstsein eine grosse Wirkung: Sophora kann nicht reden, sie will schreiben, da erscheint — so verlangt es der überlieferte Schematismus dieser Scenen, an den Monolog der Medea ist nicht weiter zu denken — Joseph; ein Schrei *Er kumpt!* Vergessen wird im Strome anschwellender Sehnsucht das eben Geplante und eine pathetische Anrede folgt: *Er ists, ich wags;* wie bei Ovid die *audacia* der armen Schwester geschildert wird. Das Bekenntnis völliger Abhängigkeit erinnert an v. 528 *quam, nisi tu dederis, non est habitura salutem, hanc tibi mittit amans* u. s. f. Wer alle Ritzen auf solche Weise schliessen kann, ist kein gewöhnlicher Borger oder Contaminator.

660—679 *Das zeygt dir an meins leibs gestalt* bis zum Schluss *Liebhabends weib, liebhaben dich* ist dem Briefe der Byblis vortrefflich entnommen 534 ff.:

> *Esse quidem lacsi poterat tibi pectoris index*
> *et color, et macies, et vultus, et humida saepe*
> *lumina, nec caussa suspiria mota patenti.*

537 f. unbrauchbar, wird ersetzt. Ovid:
> *et crebri amplexus; et quae si forte notasti,*
> *oscula sentiri non esse sororia possent;*

Gart: *Dich trag ich stets in meinem synn*
Ich ghe, stee oder wa ich bynn.

Dann weiter, kunstvoll zusammenziehend, frei nach Ovid:
> *Ipsa tamen, quamvis animo grave vulnus habebam,*
> *quamvis intus erat furor igneus, omnia feci*
> *(sunt mihi di testes) ut tandem sanior essem:*
> *pugnavique diu violenta Cupidinis arma*
> *effugere infelix; et plus, quam ferre puellam*
> *posse putes, ego dura tuli. Superata fateri*
> *cogor, opemque tuam timidis exposcere votis.*
> *Tu servare potes, tu perdere solus amantem.*
> *Elige utrum facias.*

Caunus weist in furchtbarer Bestürzung den Boten ab, Joseph gibt in moralisierender Form der Herrin einen Korb. Sophora, allein, überlegt v. 696 *Da gsche mir armen frawen recht* bis v. 712 *das ich nit kummen mag zů land* gleich der Byblis, deren zweiter Monolog beginnt v. 584 ff.:
> *Et merito: quid enim temeraria vulneris huius*
> *indicium feci? quid quae celanda fuerunt,*
> *tam cito commisi properatis verba tabellis?*
> *Ante erat ambiguis animi sententia dictis*
> *praetentanda mihi. Ne non sequeretur euntem*
> *parte aliqua veli, qualis foret aura, notare*
> *debueram; tutoque mari decurrere; quae nunc*
> *non exploratis implevi lintea ventis.*
> *Nunc feror in scopulos igitur, submersaque toto*
> *obruor Oceano; nec habent mea vela recursus.*

Byblis bekennt weiter das Verfehlte und Unüberlegte ihres Beginnens: sie hätte reden, nicht schreiben müssen. Gart überspringt natürlich diese Stelle. Indem er nur die Worte *Mein ellend ist mir wol bekandt* einfügt, fährt er dann bis zum Schlusse fort mit Ovid v. 612 ff.:
> *Haec nocuere mihi.* **Neque enim de tigride natus;*
> *nec rigidos silices solidumve in pectore ferrum*

---

* Unabhängig wol Crocus 1, 4 Sophirach: *Itan' solido ex ada-*

aut adamanta gerit, nec lac bibit ille leaenae.
Vincetur. Repetendus erit: nec taedia coepti
ulla mei capiam ; dum spiritus iste manebit.
Nam primum, si facta mihi revocare liceret,
non coepisse fuit: coepta expugnare, secundum est.
Quippe nec ille potest, ut jam mea vota relinquam,
non tamen ausorum semper memor esse meorum:
et, quia desierim, leviter voluisse videbor,
622. *aut etiam tentasse illum, insidiisque petisse:* . . . .
625. *Denique jam nequeo nil commisisse nefandum.*
Et scripsi, et petii: temerata est nostra voluntas.
Ut nihil adiiciam, non possum innoxia dici.
Quod superest, multum est in vota, in crimina parvum.

Die Bedeutung der Gartschen Sophorascenen, sind sie auch nur eine Nachdichtung, steigt vor unseren Augen, wenn wir einen vergleichenden Blick auf die parallelen Reden bei den Vorgängern und Nachfolgern werfen. Crocus und Andere ermüden uns besonders durch die trockenen Gegenreden des Tugendhelden Joseph. S. Birk ist immer farblos, Diether schildert die sinnliche Kokette, verliert sich aber dabei in endloser Rhetorik, sowol in schwülstiger Schilderung körperlicher Reize, als in sentenziöser, sophistischer Dialectik, die auch der frostigen Beredsamkeit der Hunniusschen Buhlerin nicht

---

mante pectus est tibi? Diether aber benutzte wahrscheinlich ausser Gart auch den Ovid (vgl. Metam. 7, 32 f. *Hoc ego si patiar, tunc me de tigride natam, tunc ferrum et scopulos gestare in corde fatebor);* Sephirah sagt 3, 1 zu Joseph *Silices habes, et durum ferrum in pectore. Te lapis, et montes, innataque te robora Rupibus altis, te saevae genuerunt ferae. Duris te genuit perfide horrens cautibus Caucasus, et tigres admouerunt ubera,* sowie Josephs Moralrede ebenda *In vetitum nitimur quidem, et negata nos Cupimus* den Amores III 4, 17 *nitimur in vetitum semper, cupimusque negata* entspricht, und 1, 4 die gehäufte Schilderung Jacobs von seinem Bangen *Obstupuit animus, gelidusque tremor mihi nimis Currit per ossa, gelidus formidine coit Sanguis, stantque comae horrore, et haeret faucibus Vox jam* eine Erweiterung des vergilischen Verses Aen. 2, 774 oder 3, 48 ist: *obstupui, steteruntque comae, et vox faucibus haesit.* Wie viel entlehntes mag sich noch in derlei Werken verbergen! Die Nachahmung, oft Ausplünderung von Plautus und Terenz liegt am klarsten zu Tage. Hunnius borgt sogar an einer in mehreren Josephdramen stereotypen Stelle einen Vers von Aristophanes; 5, 1 Carcerarius: *Quis sic centaurice Pulsauit ostium =* Ran. 18 f. τίς τὴν θύραν ἐπάταξεν; ὡς κενταυρικῶς ἐνήλαθ' ὅστις.

fehlt. Spätere wie Zyrl und im Anschluss an ihn und Hunnius Schlayss verballhornen die Explosionen der Leidenschaft bei Gart. So lässt der letztgenannte die Potiphera anheben 4, 1:

> *O Jupiter, wo ist dein gwalt?*
> *O Venus, dein lieblich gestalt?*
> *O Cupido, mit deinem strol,*
> *Hast mich verwundet vberal,*
> *Mein hertz vnd gmüt, tolt, wüt vnd brint,*
> *Also bin ich in lieb entzündt,*
> *Also brenn ich in liebes flamm*
> *O Glück, hilff vns beiden zusamm,*

später aber in burleske Roheit fallen:

> *Komm sitz zu mir auff meinen Rock*
> *Wie stelstu dich, du wilder Bock.*

Garts Bedeutung steigt ferner im Gegensatz zu Jörg Wickrams* Bearbeitung der Metamorphosen, für den die Unkenntnis des Lateinischen und die Modernisierung Albrechts von Halberstadt doch keine volle Entschuldigung seiner ungelenken, holprigen Wiedergabe ist. Man vergleiche Bl. XCVI:

> *. . ach mir ist recht geschehen*
> *Soll ich mein schand also verjehen*
> *Vnd offtlich an eyn Taffel schreiben*
> *Das, das do solt verborgen bleiben*
> *We mir das ich so onuerschampt*
> *Mein lieb hab entdeckt alsampt*
> *Vnd wie mein wil gegen jm stundt*
> *Welcher vff des Meeres vnd*
> *Sein Segel also weit vff lot*
> *Das er den windt gentzlich empfhot*
> *Vnd hatt sich nicht versichert eh*
> *Auch gachtet wo der windt hergeh*
> *Der treibt leichtlich vff eynen steyn . . . .*
> *Ich versuchs noch vergangnem zorn*
> *Er ist von keim Tiger geborn*
> *So hat er nit steinenen mût*
> *Ist als wol als ich fleisch vnd blût*
> *Von eynem weib ist er erzogen*
> *Er hat nit Lewen Milch gesogen.*

---

* In meinen „Beiträgen zur Geschichte der deutschen Litteratur im Elsass" habe ich gesagt (Archiv für Litteraturgeschichte 8, 334):

Je empfindlicher uns das sechzehnte Jahrhundert hindurch die Unfähigkeit der deutschen Sprache mit dem durchgebildeten Stile der Alten und der Neulateiner zu wetteifern berührt — man gedenke nur der Uebertragungen Huttens, der Uebersetzungen aus Naogeorg oder Frischlin —, um so werthvoller erscheint die Leistung Garts.
  Sie bildet nicht den alleinigen Vorzug seiner Komödie. Auf anderes Treffliche hat schon Scherer hingewiesen. Ausgezeichnet exponiert Simeons erste Rede v. 126 ff. Situation und Stimmung: die Ueberhebung des Träumers, die Vorliebe des Alten, die Misgunst der Brüder. Ironisch höhnt Sebulon v. 339 ff. den König, den sie eben in die tiefe Grube werfen: *wir wölln vns bucken aller ding.* Und noch zuletzt regt sich in einzelnen der Neid: Simeon v. 2030 *vnd vnser eim nit me dann eins,* wegen der ausserordentlichen Beschenkung Benjamins. Juda aber kann 1, 4 nach der Unthat keinen Bissen lustig essen; ihm ist so thörlich und so bang. alle Zeit und Weil ist ihm zu lang, nachdem vor Joseph's Eintreffen eine idyllische Pastoralscene begonnen hatte. Im Ausdrucke drängender Unruhe und Aufregung, die sich in rhetorischen Fragen, Ausrufen und Wiederholungen entlädt, ist Gart seiner Zeit ein Meister; vgl. v. 453 ff., 503 ff., 529 ff., 774 f. *(Er kumpt, er ists, er ists, er ists, O Joseph, kumm, du bists, du bists),* 1696 f. 1906 f. 1800 ff. Oder in der erregten Erzählung 827 ff. Dem verurtheilten Becken On dagegen versagt die Stimme v. 1011. Selten wird die Rede breit, oft erfreut die knapp zusammenfassende Prägnanz (v. 848 ff.). Selbst Jacobs Gebet v. 215 ff. oder die bei anderen recht trocken gerathene Scene 4, 2 gewinnen hier lebendige Frische.
  Aber Gart theilt noch mit manchen Zeitgenossen die kindliche Technik doppelter Berichte: zweimal erzählt Pharao

---

„Aus irgend einem halbphilologischen Werke stammt das Erscheinen des Morpheus in Ameliens Gestalt, sowie der schwülstige Excurs über den Gott des Schlafs und seine nüblige Heimat Kimmerien Nachb. 80²"; Wickram fusst vielmehr auf den Metam. 9, 592 ff., Bl. CXVII seiner Bearbeitung.

ausführlich seine Träume (was z. B. Diether und Hunnius vermieden haben), oder Juda erörtert v. 1860 ff. vor Zaphnat wieder, was den Zuhörern bereits vollkommen bekannt ist, ebenso Ruben v. 2050 ff. vor Jacob die Einladung nach Gosen. Sehr naiv lautet auch die Aufforderung Josephs an seinen Vater v. 2142 ff. die Länge des Weges durch ein Gespräch zu kürzen, was zudem neue Recapitulationen herbeiführt. Eine hemmende Episode ist Jacobs Opfer unterwegs, während wir uns den unnöthigen Dialog Joseph's mit Beria seinem gemüthlichen Tone zu Liebe gern gefallen lassen.

Die Acte werden meist wirksam beschlossen. Mit weiser Berechnung lässt Gart nach dem tragisch gefärbten Ausgang des ersten den zweiten mit einer feinkomischen Scene beginnen, die uns zugleich zwanglos über die neuen Verhältnisse orientiert. Eine allgemeine Anregung gab wol Crocus 1, 1. Phna verwahrt sich gegen den allgemeinen Vorwurf weiblicher Geschwätzigkeit und Umständlichkeit, aber gerade die Form ihres Protestes zeigt sie selbst als wortreiche, mittheilsame Magd. Necho ironisiert sie. Später erweckt es der alten Jungfer ein besonderes Grauen, dass Sophora andeutend etwas *von eynem mann geseyt* v. 802 f. Während die höhere Sentenz nur sparsam angebracht wird (vgl. v. 1341), stellt sich öfters eine gute volksthümliche Wendung ein: schwatzend die Zeit vertrödeln heisst 'die Scheere schleifen' v. 604, 928. Nath vergleicht die gefangenen Würdenträger, die aus dem Kerkerfenster schauen, mit der Maus in der Falle v. 991 ff. Edler ist Josephs Vergleich v. 2234 f. Drastisch nennt sogar einer der hohen Unterredner, David, den Judas einen losen Hund v. 426. Vortrefflich ist die naive Mahlscene 5, 3, das Nöthigen und die Bemerkung, die Gäste seien scheuer als Fische. Oder man halte den launig herzlichen Ton der Hinrichtungsscene v. 1030 ff. gegen die rohen Auftritte bei Ayrer und Genossen. Ueberall weiss Gart hübsche kleine Züge anzubringen; so wenn Joseph, zum König beschieden, erst ein wenig Toilette machen will v. 1155. Den Pharao lässt Gart häufig im stolz befehlerischen Herrschertone sprechen (besonders 3, 1); er bekräftigt seine Anordnungen durch kategorische Drohungen, fragt aber den Patriarchen Jacob wolwollend v. 2214 f. *Mein alter, sag mir fründtlich her, Wie allt bistu wol ongeuer?*

Gart wollte durch sein Stück nicht nur ergetzen, sondern zugleich belehren und zur Gottesfurcht anleiten. Er tritt bescheiden auf, während es im sechzehnten und siebzehnten Jahrhundert geradezu Mode ist mit geheuchelter Unterordnung die Zoilos abzuwehren. Er wendet sich weniger an die, welche *Comoedias verstan, die hoch Doctorn,* sondern an lerneifrige Zuschauer aus dem Volk. Er warnt davor Anreizungen zum Argen aus seinem Spiel zu klauben; man hat an die Sophorascenen zu denken. Da er nun dem dramatischen Fortgang zu Liebe einsichtig die Reden seiner Personen von dem damals üblichen didactischen Moralballast befreite, musste er einen Ersatz schaffen. Um also die Allegorie, welche der Titel verspricht und die Vorrede bereits ausdeutet, anzubringen führt er als eine Art Chor, als ideale Zuschauer und Interpreten, Jesus sammt Aposteln und Propheten ein. Ich weiss nicht, ob diese Manier sich mehrfach belegen lässt; etwas ganz verschiedenes ist es ja um das Eingreifen der Himmlischen in den grossen Processstücken, oder in Wickrams Tobias, oder um die Engelerscheinung in Diethers Joseph. Dagegen glossieren häufiger höllische Geister die Handlung, freuen sich über Abwege der Menschen, fluchen über eine Wendung zum Besseren. Ich verweise nur auf des Macropedius Rebelles und den Schlaysssschen* Joseph. Am nächsten liegt der Eingang von Naogeorgs Pammachius, wo Christus, Paulus und Petrus ein mit Bibelcitaten geschmücktes Gespräch halten. Die Apostel fragen naiv: wo steht das in der Schrift? Damit solche Verlegenheit hier nicht entstehe, lässt Gart mit grösserer Naivetät (z. B. v. 388 ff.) jeden genau Buch und Kapitel bezeichnen. Gart hat keine Mysterienbühne, sondern die hohen Redner stehen im Hintergrund der Bühne seitwärts v. 111. Die uns fremd-

---

* Dass im Eingang ein Teufel einen Brief Lucifers vorliest, worin dieser seinen Aerger über das geistliche Spiel zu Tübingen kund gibt, erinnert an Wickrams Tobias.

artig berührende Allegorisation ist im ganzen nicht allzu gezwungen. Crocus, der erste, zieht keine Parallele, wol aber Greff und Major im Epilog (Scherer a. a. O. S. 29). Nehme ich hinzu, was mir eben zur Hand ist, so contrastiert Diethers Freund Delius in dem vorn abgedruckten Gedicht *In laudem Joseph* Adam und Joseph; Diether selbst sagt im Prolog *simul in hac Hystoria Christus nobis quam scitissime Depictus est per Joseph* und führt den Vergleich in mehreren Punkten aus. Sein Titel lautet *Historia sacra Joseph, Quae nobis praeclarum diuinae prouidentiae, et passionis Christi redemptoris, castitatisque Joseph pudicissimi adolescentis Exemplar demonstrat, iam denuo ex Biblijs in formam Comoediae redacta et aedita per Andream Diether Augustanum.* (Schon der Titel bezeugt einige leicht im einzelnen zu erweisende Abhängigkeit von Gart. Diether hat in Strassburg studiert und sein Stück 1544 in Augsburg abgeschlossen, wo zwei Jahre vorher ein Nachdruck des Gartschen Joseph erschienen war). Im „Beschluss" des Tübinger Stückes wird gelehrt: *Hie habt jhr ein schön Figur, Ein vorbild vnd Contrafactur, Vnsers HErrn Jesu Christi.* Noch in Grimmelshausens Roman 'Joseph' heisst der Held „das Vorbild unseres Heylandes und Welterlösers".

Ich habe oben bemerkt, wie nach Crocus allgemein eine Erweiterung der Fabel durch Heranziehung der übrigen Elemente des alttestamentlichen Berichtes eintrat. Wenigen eignete Garts gedrungene Fassung stofflicher Fülle. Des Crocus Wort dass die ganze Geschichte Josephs mehr als éin Drama fordere, veranlasste Hunnius zu einer Zweitheilung. Andere folgen. Frischlin beginnt eine Trilogie. Episodisches drängt sich oft bis zum Uebermass ein. Die übrigen Gewaltthaten der Brüder, der Untergang der Dina werden weitläufig erzählt; die ismaelitischen Kaufleute schwatzen über Handel und Wandel; Simeon schachert mit ihnen. Neue Gesindescenen, ausgesponnene Bauernepisoden, eine weitschichtige Intrigue der Gattin Potiphars, Josephs Verlobung lassen manche Dramen monströs auswachsen. Frischlin steht mit seiner Profanation biblischer Gegenstände keineswegs allein. Ein später Nachzügler ist Christian Weises „Joseph"

(1689). Von Ausländern nenne ich nur Lope (vgl. Schack, Gesch. der dram. Litt. in Spanien 2, 321).

Schon Diether macht einen schwachen Versuch mit Gelehrsamkeit zu prunken. Dies poesiefeindliche Bestreben beherrscht den Kunstroman des siebzehnten Jahrhunderts. Nicht so sehr Grimmelshausens ödes Werk, worin wiederum der Frau Selicha eine grosse Rolle zufällt, als die „Assenat" Zesens, dessen Art leider heute unter uns eine fröhliche Urstend feiert. Ich lasse die italienischen u. s. w. Josephdichtungen und nicht minder Zesens alte Quellen, die aus dem Orient fliessen, bei Seite; auch Zesens Auskramen ägyptologischer Weisheit und die Verherrlichung der staatsmännischen Thätigkeit Josephs berührt uns hier nicht. Bei Grimmelshausen agieren Selicha und Asenath neben einander; bei Zesen kämpft Sefira, alle Phasen der Leidenschaft allmählich durchlaufend, ihren zehnjährigen Liebeskampf, und erst im fünften Buch kommt Josephs Verhältnis zu Assenat in Gang.

Joseph ist noch im achtzehnten Jahrhundert Gegenstand der Poesie. Auch bei Frau Rowe-Singer, der frommen Engländerin, „die Joseph und den, welchen sie liebte, besang" steht neben schlichter Paraphrase des alten Testaments sehr viel fremdes. Die Bewerbungen der Sabrina werden im sechsten Buche mit zarter Discretion geschildert. Episch noch Bitaube, Bodmer, Hennig u. s. w., Genests Drama 1752 verdeutscht.

Uns Modernen ist abgesehen von dem widerwärtigen Spiel, das der Emporkömmling im weiteren Verlauf mit seiner Familie treibt, die Unbrauchbarkeit des Stoffes für ein geschlossenes Kunstdrama klar. Gleichwol ist er lockender, als zahlreiche andere, welche die Bibel den älteren Dramatikern leihen musste. Eine Reihe fruchtbarer Situationen bietet sich sofort. Aber gerade was den Helden ziert, macht auch den Stoff spröde und beeinträchtigt das Anziehendste: die Sophoraepisode. Die eherne Keuschheit des Jünglings ist und bleibt undramatisch. Fielding im „Joseph Andrews" kann darüber nur spötteln. Ferner wird die Episode nur einseitig ausgetragen, für Sophora aber einfach abgebrochen. Und es ist nicht einmal eine Verbesserung, wenn gelegentlich im Drama Pharao später den voreiligen Oberrichter Potiphar abkanzelt oder im Roman die verbuhlte junge Frau des alten Obersten durch eine peinliche Untersuchung blossgestellt wird.

Garts nicht selten ungefüge, ja verworrene Syntax mit ihren Anakoluthen, Aposiopesen, Constructionen ἀπὸ κοινοῦ muss zwingenden Gründen zufolge einer späteren genauen Untersuchung vorbehalten bleiben.

Garts Verskunst (vgl. die Andeutung bei Palm Beiträge S. 97, Höpfner Reformbestrebungen S. 14) steht in der Reihe der damaligen Versuche die verwahrloste Metrik zu bessern nicht zuletzt, obgleich Rebhun ihn durch reichere und correctere Masse übertrifft und auch einzelne Schweizer kunstvollere Sapphica statt einfacher Psalmen und Vaterunser vor ihm voraus haben. Dass sich der Einfluss der sogenannten Rebhunschen Schule von Zwickau bis nach Schlettstadt erstreckt habe muss ich bezweifeln.

Garts Verse und Reime wollen gehört, nicht gelesen sein. Vieles ist nur für das Auge nicht für das Ohr incorrect.

Die Synkope wird für jene Zeit, die den Vers zum Prokrustesbett gemacht hatte, sparsam und nicht zu gewaltsam angewandt. Ein *gmelt, bsehen, bschriben, ewger* u. s. w., auch das härtere *gpeut*, das *Fleicht* für *villeicht* 414 vermeidet Gart nicht. Leicht sind die Fälle, wo schwaches *e* der Endsilbe vor vocalischem Anlaut oder auch vor *h* ausgestossen wird. Also v. 64 *Judn und*, 1444 *lebn also*, 2242 *himml herab*, 2299 *erbietn*. Zahllos *küng*. 448 *meins kauffs*, 1887 *deins knechts*. Doppelt einige Male 32 und 2281 *(ewger küng)*, 1041, 1557, 2286. 87 Verstümmlung des proklitischen Artikels, wie öfters, und Synkope: *dPropheten . . . . eingfürt;* ähnlich 676 Verschmelzung der Präposition und Synkope: *zerwerben . . deinr.* Aber dieser Fall gehört bereits unter den Gesichtspunkt der zweisilbigen Senkung.

Diese wird ja durch Schreibungen wie 287 *meinr schallmeyen*, 344 *übn wir*, 1015 *Deinr sünd*, 1125 *meinr sünd*, 1124 *deinr weiß vnd gbérd*, 1291 *Nachm geyst*, 1497 *komn die,* 2219 *Meinr walfart* nur scheinbar vermieden. 1096. Andererseits ist zweisilbige Senkung leicht durch Synkope oder Verschleifung wegzuschaffen. Also sprich: 118 *gstalt,* 159 *soltstu,* 171 *küng,* 249 *gsehen,* 1339 *eh* (Apokope). 1385 *glieber,* 1837 *günstgen,* 2084 *lieb váttr und,* 2086 *ewger,* 2262 *günstgen.* 1250 und 1260 Verschleifung, oder synkopiert: *mengklich, gebnein.*

Fehlende Senkung. Ist 611 als trochaischer Dimeter zu lesen *Für Phua Néchon sélbs hinéin* oder, was wahrscheinlicher, auch hier die Nebenform *Phua* anzunehmen? 862 wurde natürlich *Pharao,* 863 *deine,* 1153 *hergefiert* gesprochen. 761 bedarf der Emendation. 705 s. u. So bliebe nur 1258 *Zaphnat Paenea mit nammn* als trochaisch übrig, wenn man nicht *Paëneá* lesen will; *Zaphnat* mit schwebender Betonung. Und 2050 *Dir laßt Jóseph áls dein sún.*

Wort- und Versaccent sind für jene Zeit in gutem Einklang. Schwebende und versetzte Betonung nicht selten, aber meist ohne besondere Härte. Beispiele: 108 *Christus,* 118 *Leiblicher,* 228 *Außgschritten,* 586 *Botten,* 1133 *Potiphars,* 1366 *Lea,* 1528 *Joseph,* 1529 *Simeon,* 1542, 1577, 1824 *Oder,* 1844 *Gaben,* 1964 *Joséph .. Zaphnát ..,* 1937 *Joseph vatter,* 2107 *Abram Isack,* 2092 *Ruben,* 2117 *Sterben,* 2135 *Vichhürten,* 2203 *Vatter,* 2304 *Fleyschlicher,* 2308 *Sonder.* Im inneren: 11 *annám,* 62 *ertzvätter,* 164 *ewíge,* 218 *angfángen,* 228 *abfáll,* 312 *Abácuc,* 405 *Judá,* 435 *kunmén,* 703 *weitschweyffígem* (1280 *heylígen,* 1485 *schuldígen,* 1606 *állmechtíge,* 2162 *állmächtíge),* 1183 *Joséph* u. ö., ebenso *Jacób* (zwiefach 2108), 1207 *amptleüt ordné,* 1391 *fallént,* 1410 *dolmétschers,* 1439 *warhéyt,* 1483 *schöpffúng,* 1549 *hinein góhn* mit seltenem Zurücktreten des Accents (dafür sonst *einhin gon* 2010), 1656 *vnwissend,* 1705 *Leuí,* 1714 *Égyptén,* 1824 *odér,* 1859 *sagtén,* 1867 *angsícht,* 2029 *feyrkléydern,* 2082 *Rubén,* 2083 *anbétten,* 2084 *vattér* (öfters), 2109 *Gosén,* 2125 *Isráels,* 2148 *gésant,* 2209 *vbér.* Im Reim 548 *Hébreér* (vgl. *Hébreíschen* 644): *waher,* 697 *lautprécht: recht,* 1680 *herwértz: hertz,* 2137 *vnser váttér: hér.* Man sieht, die fremden Namen spielen dabei eine Hauptrolle. Gart misst *Beniamin* immer als zwei Jamben (auch 1385?), lässt *Pharao* nach Bedarf mit *Pháro* oder *Pharó* (*Pharónis* Genetiv u. s. w.), *Phna* gelegentlich mit *Phua* wechseln (eine Magd *Pfua* im Tübinger „Joseph" 4, 5. Dieser ist metrisch sehr interessant).

Garts strenges Gesetz ist: stumpfe Reimpaare zu vier Hebungen, Achtsilbler. Zur Vermeidung von hyperkatalektischen klingenden Zeilen wird das schwache *e* elidirt. S. u. Ein blosses Versehen bietet 609. Stehen geblieben ist das *e* 269 f., 275 f., 804 f. So finden wir stumpfe Reime nach mhd. Norm. wie *sagn : klagn*, während *singn : klingn* u. s. w. nur ein äusserliches Abfinden der mit Regel bedeuten.

Selten unreiner Reim. Lang und kurz z. B. *staat : hat*, *seer : her*, 77 f. *in : sin*, 149 f. *hoch : doch*, 259 f. *lan : mann*, 573 f. *ich : glich*, 2288 f. *klar : dar*. — 9 f. und 1201 f. *leüt : zeit* (gesprochen *lit : zit*), 29 f. *weißt : beschleüßt*, 115 f. *seind : freünd*, 127 *verleügt : zweigt*, 417 f. *hór : gewehr*, 571 f. *gehór : eer*, 662 f. *feücht : entweicht*, 860 f. *versündt : hoffgesindt*, 956 f. *mir : für* (1302, 1374, 1636, 2094, 2244), 976 f. *ding : küng*, 1110 f. *künd : sind*, 1162 f. *stünd : synd*, 2046 f. *sün : obenhin*. — 1630 f. *Chanaan : schon*, 2168 f. *nun : sün*. — Consonantische Incongruenz nur 269 f. *entgelten : melcken*, 945 f. *pliet : schmiegt*, (1280).

Sind schon diese Unreinheiten leichter Natur und durch die anzunehmende stark dialectische Recitation verwischbar, so fällt die Hauptmasse der scheinbar unreinen Reime eben durch die mundartliche Aussprache ganz fort: 266, 279, 305, 341, 398, 596, 642 f., 689, 840 ff., 1018, 1107 f. 1156, 1306, 1321, 1387, 1442, 1564, 1601, 1644, 1662, 1698, 1738, 1746, 1797, 1835, 1899, 1914, 1956 f., 2037, 2114, 2163, 2178 f. 2258, 2260, 2275 (*gitt*), 2282, 2286, 2315.

Reicher Reim nur im gestatteten Fall, wie *hell (tartarus) : hell (clarus)*, *hoff (aula) : hoff (spero)*. 169 f., 1528 f., 846 f. und 1638 f., 2175 f., 2268 f., 2289 f. Innerer Reim wol zufällig 261 f.

Ein dritter Reim zum Abschluss 613. Dann folgt nämlich die grosse Scene der Sophora.

Der nachstehende Text ist der des ersten Druckes in getreuer Reproduction. Einem Text des sechzehnten Jahrhunderts gegenüber ist ein normierendes Verfahren, wie es die Kritik für ein mhd. Werk einschlagen kann und muss, schlechtweg unmöglich. Die Sprache hier schwankend zwischen Mundart und Schriftsprache. die Schreibung abhängig von der grenzenlosen Willkür der Setzer. Will man die buntscheckige Orthographie reformieren, so bringt man es doch nur zu Halbheiten. Ich habe daher nicht nur alle dialectisch möglichen Formen belassen, sondern auch die gesammte Orthographie nicht angetastet, der Ansicht folgend, welche J. Grimm in einem Brief an Meusebach (Fischartstudien ed. Wendeler S. 307) darlegt. Der Laie wird sich bald hineinlesen, besonders wenn er sich das oft seltsame zu Gehör bringt. Worterklärungen anzubringen schien mir nur in wenigen Fällen nöthig. Durch Conjectur habe ich ein paar Mal nachgeholfen. Druckfehler wie Kuben u. s. w. wiederholt verbessert. Auch die Interpunction ist beibehalten, so unsinnig das fast nie fehlende Komma am Ende jedes Verses oft auftritt. Ernstliche Schwierigkeiten treten dadurch dem Verständnis immerhin selten in den Weg. Z. B. 1591 ff. wäre richtig zu interpungieren:

Dann wa wir hetten nit mit zwang
So lang verzogen, weren wir
Wol zweimol wider kommen schier.

während der Druck nur nach *zwang* und *wir* Kommata setzt. Diese überreiche Interpunction ist ebenso ein äusserlicher Brauch. wie die gleichzeitige unmässig sparsame. Man darf sie schwerlich in Verbindung mit der damaligen langsam gemessenen Declamation bringen, welche der Tübinger „Joseph" durch zahllose *pausando* bezeichnet.

Von Garts „Joseph" sind fünf Drucke bekannt. 1) Der Strassburger von 1540 (= O) kl. 8° K 3 mit stattlichen grossen Typen gedruckt, auch die Holzschnitte leidlich. 2) Der Augsburger von 1542 (= A) kl. 8°, dieselbe Paginierung, dieselben Typen, abweichende geringere Illustrationen. 3) Der 1. Strassburger Nachdruck von 1546 (=S^1) kl. 8° H 4, schöner Druck, kleinere Typen, keine Illustrationen ausser auf dem Titelblatt und zwei Heroldbilder. 4) Der 2. Strassburger von 1559 (=S^2) kl. 8°, G, kleinere Typen, compresserer Druck; über die Holzschnitte vgl. den kritischen Apparat. S hat vor dem Namen jeder Person das bekannte alte Paragraphenzeichen, O nur vor den Argumenten. S^2 druckt die Psalmen u. s. w. mit grösseren Lettern, OA im Gegentheil petit. S^1 petit oder wie das übrige. S setzt im Anfang der Scene den Namen des Sprechers über die erste Rede, während eine solche Bezeichnung in OA meist als unnöthig fehlt, da der betreffende immer das jeweilige Personenverzeichnis eröffnet. 5) Der undatierte Nürnberger (= N), s. Goedeke Grdr. 325 „Joseph, *Ein schóne vnnd fruchtbare Comedi, auß heiliger Biblischer Schrifft in Reymen bracht, Mit anzeygung jrer Allegory vnd Geistliche bedeutung, Inn welcher vil Christlicher zucht vnd Gotsforcht gelernet wirdt. Durch Thiebolt Gart, Burger zu Schletstat, geordnet vnd zu samen bracht.* Am Schl.: *Gedruckt zu Núrnberg, durch Valentin Neuber.* 54 Bl. 8. (Klosterbibl. in Zwetl.)".

Die Seitenzahlen und Custoden von OA habe ich in Klammern neben die betreffende Schlusszeile der vorausgehenden Seite gesetzt, während sie im Druck darunter in der Ecke rechts stehen. Leere Klammern bedeuten den Ausfall von Custoden.

Von O und A konnte ich die Exemplare der Münchener Hof- und Staatsbibliothek, von S^2 das der Königl. Bibliothek zu Berlin benutzen, wofür ich den Herren v. Halm, Laubmann und Lepsius meinen wiederholten Dank abstatte. In Zwettl erwies ich mir nach freundlicher Vermittlung des Herrn Prof. O. Lorenz Herr Archivar Dr. Janauschek sehr gefällig, aber seine und des Herrn Bibliothekars sorgfältige Nachforschungen führten leider nur zu dem Ergebnis, dass jener Nürnberger Druck wahrscheinlich „in der Zeit zwischen 1814 und den fünfziger Jahren angeschafft und verschleppt worden ist". Das Gefühl der Verpflichtung für die gütige Hilfe ist deshalb in mir nicht geringer. N konnte demnach leider nicht herangezogen werden. S^1 tauchte erst auf, als mein Ms. schon über zwei Monate in der Druckerei lag, und ist jetzt im Besitz der Strassburger Univ. und Landesbibliothek. Glücklicher Weise konnte ich die Einleitung und den Apparat noch umschreiben. S bezeichnet hier die Gruppe S^1 und S^2.

Indem ich bemerke, dass A und S^1 unabhängig aus O, S^2 aus S^1 geflossen und auch frappantere Uebereinstimmungen von A und S nur zufällige oder einer ähnlichen Tendenz der Besserung entsprungen sind, dass ferner A dieselbe Interpunction wie O, S dagegen die Kommata am Versende in sehr bescheidenem Masse, vereinzelt im Innern ein Komma mehr anwendet, versuche ich die Varianten der Ausgabe zu rubriciren, namentlich diejenigen, welche die Metrik berühren. Der Fall, dass ein Neudruck die kunstvolle reine Verskunst des Originales plump zerstört, wie etwa der Wormser von Rebhuns Susanna, ist hier nicht eingetreten.

Absolut giltige Grundsätze lassen sich nirgends feststellen. Ueberall Ausnahmen, Widersprüche, Zufälligkeiten. Von vollständiger Mittheilung orthographischer Abweichungen habe ich selbstverständlich abgesehen. Für neuere Litteraturdenkmäler kann das in einzelnen Fällen eine textgeschichtliche Bedeutung haben, ob aber eine gänzlich ausser Rand und Band gerathene Setzerorthographie *vnd, vndt, vnndt* u. s. w. oder v. 901 *roht*, A *rott*, S *rhot* schreibt, ist schlechthin gleichgiltig.

Im Allgemeinen behält A die Orthographie von O viel treuer bei. Es mindert die Doppelconsonanten, also: *gotsforcht, selgen, gedeutet*, liebt aber *nn* besonders am Ende. AS mindern — doch S^2 mehr als S^1 — die Schlussdopplungen — aber all das ohne sichere Consequenz: *dort* für *dortt, sand* für *sandt*. A vermeidet *rh : reimen; rat* für *rhadt*. A liebt *ai* für *ei* oder *ey* (auch *ay* 143 *wayd*, seltener *ei* für *ay*): *klain, zaigt, hail* u. s. w. O nur 360 *maint*, 369 *main*. S nie. AS^2 verwischen gern die mundartliche Färbung von O. Oft *son* für *sun* (auch S^1, das aber nicht so oft wie S^2 *sún* mit *són* und *kónig* mit *künig* vertauscht). AS *überantwort, antwort* für *antwurt. auff* für *vff* AS^2 365, AS 1178, *darauff* für *daruff* AS 1297. Aber S^1 *vff* gegen *auff* in O 351, 1241, 1791. AS 369 *sey* für *sy*, 789 *bey* für *by*. AS^2 228 *feind* für *find*. AS 2, 4 (so bezeichne ich die Argumente der einzelnen Scenen) *zeucht* — *zücht* (dagegen S^1 1984). AS^2 1268 *theürer* — *thürer* (aber S^2 829 *küchen* — OAS^1 *keüchen*). A 180 *knye* — *kney*. AS 1039 *wir* — *mir*, AS^2 ebenso 4,

5 (Vater unser). Mehrfach AS² *letzt* für *lest.* S² 143, 1572 *nicht* für *nit.* S 78 *sein,* 368 *röcklein,* S¹ 286 *liedlein,* S² 1346 *weil* gegen *sin* u. s. w. ' Aber S² immer *Eselin,* S¹ nur 5, 3.
ü für *ie* (274 OAS *griene*). 944 AS *plüt — pliet.* 1150 AS *gefürt,* 2298 A *rümen* S *rhümen.* S 238 *grüß.* S² 2141 *müh — mie.* *ü* für *i*: 1078 AS *dünn — tinn.*

Gegen dialectisches *o* für *a.* Im Titel AS¹ *nach (post)* für *noch* (dagegen 1843 AS² *noch — nach = adhuc.*) AS 140 *spat,* 1017 *zwar,* 1081 *bracht,* 1202 *mal* (ebenso AS² 1593, A 920 *mal = cena*), 2204 AS¹ *stat* S² *staht — stoht;* 1684 A *stadt* S² *staht — stodt,* 2147 und 2241 S² *staht;* 1855 AS² *baldt;* 1996 S *maß;* 2299 S² *schmach.*

Dazu 1154 A *nur — nor.* Schwankend 1795 A *anspruch* S *ansprach — ansproch.*

Andere Wörter: A 254 sinnentstellend, 1803, 1812, 3025. Auslassungen A 933, 1815. I Psalm 1. Str. S 1761; S² 1480, 1827 und der ganze v. 1842. S schiebt 4, 5 *jn* ein. S² 1875 *ich.*

S mindert noch mehr die ungehörigen Doppelconsonanten: nicht *annt, ettwas, ettwann, jenner, sollcher, gütter, rahdt, verrätter* u. s. w. Besonders S²: aber *bekennt, erfüllt, wollt, sollt, vollbracht.* Sogar *schat* für *schatt (schadt, schadet).* S² hat, was S¹ nur andeutet, eine entschiedene Vorliebe für Dehnungszeichen: *ohne, stehts, haab, staht.* Dagegen *erschinen* oder *verschinen* S 58, 2163, S² 2021, 2097. Vgl. A 1372. S², wieder consequenter als S¹, gern *eh* für *ee*: *ehr, sehr, mehr* (doch auch *meren*) u. s. w. *Thal* für *tal* 1345, aber nie *ghon, sthon, ghet, sthe,* was S¹ doch mehrfach beibehält, sondern durchweg *gohn* oder *gon* u. s. w.

Ich schliesse gleich an: seltener *nhein* (1277, A *nein*), dafür *hnein, hneyn,* doch 1573 *rhumb — OA hrumb.*

Gern schärfere Spiranten: *ss* für *s, ssz* besonders in S¹ für *ß (dissz, hassz, fleisszig, dreisszig); schs* für *s* 1797; S² *tz* für *ts* 571 *gegenwertz* (aber S 105 *trotz*). S² — S¹ schwankt — *ß* für *s kuß: verdruß* 1956 f., *fürbaß, laß, weiß (scio),* aber *bös* und nie *weiß (sapiens)* vgl. z. B. 573.

f für *v* (aber *voll* für *foll* 1734): *folgen, falle* 993, 2268. Im Inlaut für *u befelhen*, 2032 *befalh* für *beual, geferd, gefer*. Media für Tenuis im Anlaut (dagegen S² 2089 *Tödst* für *Dótst*). *blůt* 326. 364. 368 und mit A 500, 508, 891. 623 *blinder*. Immer *bottenleuffer* (2043 AS¹ *bottenbrot*, S² *bottenbrod*, O *pottenbrott*). 905 AS *bleib*. 921 A *bietten* S *bieten*. 1477 AS *bürg*. 1729 S² *blatten*. 1938 AS *bracht* (*splendor*). 2009 AS *breyt*. A 622 *blóde* 1075 *blück* 1491, 1653 *back* 2038 *blan*. S *dórffen* 1715. S² *dritt, drett* u. s. w. (*vade, vadit, vadite*) z. B. 1152. S immer *deuten* für *teütten*. 963 AS *deutung*. AS *drey* u. s. w. 944. 966 ff. AS 1078 *dünn*. — S im Inlaut 1878 *hübsche*, vor *t habt, gehabt* z. B. 816, 1658 (hier auch A) 3, 5 *hebt* 1371 AS *globte*. 1667 und 1960 AS *landtuogt* für *landtuockt*. — Auslaut: S² *gern hand, seyd, (ex quo)*, 366 *grad (proficiat)*.

Zum Vocalismus (s. o.) noch *e* für *ä: erzelet, schendtlich*, aber auch gegentheilig *káß*. *i* für *ü* (1, 3 *zügenbock* geblieben), während A im Titel gegen O *gespült* schreibt. 238 *bidermann*, 752 *vergiß*, 853 *verwircket* (aber 849), 866 S² *vnbewißt*, 867 *vergißt*, 1120 f. S² *wirts stirb hilff erwirb* (S¹ nur *hilff*; *würt* in S¹ beliebt), 1826 *mißthat*, 2087 S² *hilffst*, 2091 S² *Hilff*, 2135 ff. S² *hirten*. — *j* für *y* im Anlaut, fast durchweg *jn, jm, jr* u. s. w. Im Auslaut: *sy* fast immer zu *sye*, besonders in S². Im Inlaut zahllose *y* für *i: sych, spyl, fryd* u. s. w. *gemeyn* u. s. w. S¹ liebt die Schreibung *byn*. — *u* für *o: kummen* u. s. w., *besunder, vnverdienet* (aber 94 *onbekant*). — *ôu* für *âw, ew (tróum)*, *au* für *aw (traum), eu* für *äu (leuffer)*.

Einzelnes. S² 369 *besudelt*, I Psalm *georgelt*, 763 *zimbeln*, 4, 3 *handelt* (ebenso hier S¹). *andern, vnsern* (S¹ nur 1715 *vnserm*, A mehrfach, aber 1520, 1604) gegen *besudlet* u. s. w. Vgl. noch 1516. S gern *seind* für *sint*, S² auch für *seit* (vgl. 1420 und 1422). Consequenter *wölln* u. s. w. für *wolln* u. s. w. Immer *wo* für *wa* ausser 453 f., 547 (*waher*), 1440, 1443, 1591, 1894, 2108. *do* für *da* 246, 1795, 1841 (aber 1141 *da* für *do*). *war-* und *dar-* für *wa-* und *da-*: 338 *warmit, darzu* 341, 409, 894, 1149, 1418, S² 1604; *dardurch* 1583, S² 1481. Immer in S², ausser 1880, *nun* für *nu* (S¹ hat *nu* nur 787, 979, 987, 1120, 1355, 1861, 1876, 1880, 1882, 2116, 2120, 2132, 2172, A 152, 987, 1013, 1569, 1624, 1827, 1861. S² *nur* für *nu* 1122, 2084.

S ist gegen die Verschmelzung des Verbums (2. Sing.) mit dem zugehörigen Personalpronomen. Für *soltestu, soltu, bistu, denckstu* u. s. w.: *soltest du* u. s. w. So 159, 195, 197, 244 S², 503, 546. 620, 908, 1005, 1055, 1375 und 1379 S², 1721 und 1916 S², 2076. Imperativ 1031 *rüst du* für *rüstu*.

S² 87 *Propheten* für *dPropheten*. Aber proklitisch für 1650 (ebenso A) *ind herbery : ind herberg*. Vgl. A 1441. Dagegen 1731 *ind pratne*.

S liebt die Zerlegung von Compositis. *all gemeyn, nimmer mehr, zu vor, hin fürter* S² 119 (1615 S² *fürt hin*), *dort niden, dort hinden, zwei mal* u. s. w. *all zu mol*, 1710 *hye unden*, 2247 *oben hin*, 1167 *über auß*, 1495 *all erst*, 1120 *all tag*, 667 *zu weilen*, 1590 *leben lang*, 1783 *ander hand*, 1794 *der gleichen, zu hauß* für *zehaus* z. B. 1446, *zu fuß* z. B. 1391, 4, 3 *pfandts weiß ; vil geliebt* u. s. w., 1068 *wol gestalt*, 1265 *hoch geborn*, 1416 *ob erzalt*, 1779 *ob berürt;* 97 *zu rauch*, 104 *zu langk*, 263 *zu weit*, 983 *zu schwer ; zu thun, zu wissen, zu warten* u. s. w., 541 S² *zu holen* für *zeholen; vnder lan, an nam, auff bunden, auff wachsen, mit theylst, hin tragen, über bleib* u. s. w. oft; 909 *koch gesind*, 922 S¹ *seyten spil*, 1943 S² *kinds kind*, 2081 S² *botten brot*, 2100 S² *Egypten land*. S¹ noch 103 *rhum süchtigen*, sogar 995 *zû kunfft*. Durch Zerlegung ergibt sich eine andere Construction 1397 (auch A), I Psalm 19. Dagegen 1471 S². Mehrfach componiert aber S gegen O: so *wiewol, nachdem, dafür*, 1505 *dieweil, damit, hiemit*, 485 S² *vorhanden*, 834 S² *vmbsunst*, 976 S² *aller ding*, 1055 S² *wieuil* (aber 1883), 1994 *fürwar*, 1695 und 1804 S² *mitnander*, 1|6 *auffgefaren*, 1651 *auffthun*, 5, 3 *nacheyl*. A hat wenig Composita vor O voraus (1919 *hieher*).

S¹ zeigt eine schwache Neigung zu grossen Anfangsbuchstaben: zuweilen *Bruder*, 425 *Geyst*, 1061 *Weysen, Böttlin, Zauberer;* viel weiter geht S²: *König, Herr, Bruder,*

Son, Vatter, Weib, Magt, Person, Trabant, Schenck, Reich, Bisthumb, Bund, Prophecey, Glory u. s. w.

Metrische Aenderungen. A und S, namentlich S^2 gemeinsam (besonders häufig, wo *küng* in A zu *künig*, in S^2 zu *König* wird).
 1. Reim. Die Auffassung der Unreinheit ist dieselbe wie oben. a) Besserung 1156. (Aufhebung der Synkope des *e* AS^2 327 f., 1020 f.). b) Verderbnis (mehrmals *thun* u. s. w.: *son*) 213, 824, 944, 1017, 1150, 1843, 1855; AS^2 1457, 1936, 2024. AS^1 1057, 1220.
 2. Scansion. a) — b) Verderbnis. 798 AS^2 s. o. Durch Synkope AS^2 786, 1288. Zweisilbige Senkung durch Aufhebung der Synkope, volle Flexion u. s. w. 40, 789, 855, 996, 1392, 1421, 2073, 2242; AS^1 605; AS^2: 332, 344, 809, 967, 1012, 1024, 1212, 1268, 1846, 2177, 2223, 2299. Doppelt AS^2 32 und 2281 *ewiger künig* (S^1 nur 32 *ewiger*).
 A. 1. Reim. a) Besserung 87, 643, 930, 2259. (290 f). b) Verderbnis 31, 187, 243, 286, 383, 424, 482, 562, 641, 756, II Plalm 11, 920, 1048.
 2. Scansion. a) Besserung durch Synkope 159, 1837 (?). b) Verderbnis α durch Synkope, Apokope, Ausfall u. dgl. 3 (*Herrn* 45, 1896, 2262, 2271), 594, 620, 753, 1185, 1340, 1599, 1878, 1926, 2274. β Aufhebung derselben u. s. w. 36, 132, 175, 392, 605, 632, 705, 740, 771, 910, 966, 1002, 1015, 1041, 1051, 1091, 1096, 1220, 1406, 1413, 1423, 1532, 1537, IV Vaterunser 9, 1557, 1571, 1578, 1641, 1786, 1867, 2134, 2315; doppelt 1049.
 S. 1. a) 591, 707, 841, 1414, 1493, 1797, 1841, 2037, 2315; S^2 305, 610, 701, IV Vaterunser 7, 1503, 1662. S^2 fast consequent gegen die Reime *singn : klingn* etc. (S^1 2272 f. vgl. 287, 1096) 287 f., 290 ff., 375 f., 760 f., 995, 1096 f., 1258 f., 1448 f., 2272 f. b) mehrfach durch Vermeidung des Mundartlichen. 66, 92, 166, 361, 456, 516, 574, 885, 1009, 1098, 1111, 1141, 1163, 1644, 1713, 1755, 1874, 1996, 2208, 2225, 2253. S^1 530, 867, (1023), 1441, 1768,

2199. S^2 78, 262, 1337, 1346, 1348, 1728, 1861, 2141, 2241, 2299.

2. a) 171, 1250; 862 f. S^1 118. b) α 179; 261. II Psalm 18. S^1 1500. S^2 826, 1387, 1653, 2309 f. β 9, 216, 539, 743, 1062, 1274, 1444, 1598, 2086, 2090, 2117, 2227, 2280; 2070. S^1 491. 1045. S^2 78, 229, 279, 414, 478, 593, 1187, 1393, 1413, 1485, 1962, 1990, 2061, 2265, 2283; 70. 680. Durch ein Ersatzwort S^2 336, durch Veränderung des Sinnes mittelst anderer Form S^2 1191, Zusatz S^2 1875. Fein sind die Aenderungen und Besserungen 771, S^2 87, wolüberlegt AS 947, S^2 2185.

Man beachte ferner besonders die Varianten 216, 1096, 1150, 1283, 1815.

Strassburg i. E., Juli und November 1879.

E. S.

Joseph.

Ein schŏne vn̄ fruchtbare Co
media, auß heyliger Biblischer schrifft
in rheimen bracht. mit anzeygung jrer Al-
legori vn̄ geistliche bedeüttung, In welcher
vil Christlicher Zucht vnnd Gottsforcht gelernet wirt.
Durch Thiebolt Gart, burger zů Schletstat geordnet
vnd zůsamen bracht, auch daselbst auff Sontag
noch Ostern mit einer Ersamen burger-
schafft offentlich gespilt. Im
Jar. 1. 5. 40.

Holzschnitt:
*Ein Mann und ein Weib, na*r*kt und zottig,*
halten ein Adlerwappen; an jeder Seite eine
Säule, darüber ein Früchtekranz, den zwei auf
den Säulen sitzende Amoretten befestigen.

A Diebolt. *Der Holzschnitt stellt die Einsenkung Josephs in die
Cısterne dar, wie nach v. 356.* — AS¹ *nach Ostern.*
S¹ *Holzschnitt: Sophora zerrt am Mantel des fortstrebenden Joseph.*
S² *fehlt* auff Sontag noch Ostern *und* jm Jar 1. 5. 40. *Ueber
und unter dem Haupttitel Leisten. Der Holzschnitt illustriert die Ein-
gangsscene: Feld, im Hintergrund ein Haus, links sieben, rechts drei
Söhne mit Hirtenstäben, in der Mitte Jacob, dicht neben ihm der kleine
Benjamin, rechts von ihm der Knabe Joseph, alle lebhaft redend und
gesticulierend; am Firmament Sonne, Mondsichel, neun kleinere Sterne
und ein grosser.*

Die Personen so in dieser
Comedi vnd Spil eingefürt wer-
den, hastu hie nach einander
verzeychnet, vnd seind an
der zal Dreissig vnd
Sechs.

Christus.	Jacob.
Petrus.	Ruben.
Paulus.	Juda.
Jesaias.	Simeon.
Zacharias.	Sebulon.
Abacuc.	Dan.
Jonas.	Beniamin.
Daniel.	Joseph.
Dauid.	Beria.
Salamon.	Ismael. [ ]
Pharao.	Künig.
Potiphar.	Oberster.
Necho.	Trabant Pharaonis.
Genubat.	Trabant Potipharis.
Sophora.	Eheweib Potiphars.
Phna.	Magt Sophore.
Sissa.	Scherg.
Nath.	Scherg.
Hophora. ist der	Pottenläuffer
Paenea.	Kerckermeister.
Phiton.	Schenck.
On.	Beck.
Nezar.	Warsager.
Ramasses.	Trummetter.
Zaphnat.	Joseph Landuogt.
Tachpenes.	Dolmetsch. [A ij]

S *statt der Ueberschrift:* Personen dis Spyls (S² disz Spyls); *alles auf einer Seite, der Rückseite des Titelblatts.*
  AS: Salomon. A: *die Namen* Pharao *bis* Tachpenes *mit lateinischen Lettern* S²: *fehlt ist der zu* Hophora, *dafür zu* Pharao *und ist das zu* Sophora. OAS *verdruckt:* Zaphat. Josephs Landuogt. *Zu erklären:* Joseph *als Landvogt, wenn nicht etwa* Pharaos Landuogt *zu lesen ist.*

Herolt.

*Holzschnitt: ein stattlich agierender
Herold mit Stab, Kette, Brustwappen,
Federbarett, auf einer Wiese.*

Vorred.

1. Von Gott dem vatter gnad vnd frid,
    Sei eüch zuuor, mein gůts damit.   [Mein]
Mein günstig Herren allgemein
    Reich, arm, gewaltig, groß vnd klein,
5. Durch Jesum Christ sein ewigs wort,
    Der weg zum vatter vnd die port,
Welchs er auß vorbedachtem rhadt,
    Nach Adams fall verheissen hat,
Zů sellgen vns arm sündig leüt,
10. Daran sich hielten zů der Zeit
All frůmmen, biß jm Gott annam,
    Ein bsunder volck auß Abraham.
Dem zeygt er allerst klärlich an,
    Wie diß erlösung solt besthan,
15. Allein im glauben an seim wort,
    Wiewol vnd er hieß opffern dortt,
Den er doch vor ein volck genent,
    Ward Abrams glaub doch nit gewendt.
Darauff jm dann der Herr geneygt,

S² Vorrede. 3 A Herrn. 9 S seligen. 13 S den, S² aller, S²
klårlichst. 14 AS² die. 15 A sein.

20. Den Widder in der hecken zeygt,
Welchs vnser heyligs opffer ist,
Gedeüttet auff Herr Jesum Christ,
Der ist der Widder vnd das heyl,
Das opffer vnd der beste theyl,
25. Wie Paulus den Corinthern schreibt,
Der Ersten in das fünfft geleibt. [Aiij Durchs]
Nun widerholts der Herr gar schon,
Durchs dritten Patriarchen son.
In dem er vns figurlich weißt,
30. Das leiden Christi drein beschleüßt,
Auch wie er solt vom todt erston.
Ein ewger küng verkläret schon,
Zů welches zůkunfft solten frei,
Sich biegen aller menschen kney.
35. Dem wir zů lob vnd ehr bereyt,
Zů gfallen vnser Oberkeyt. [Vnd]
Und dir zů frümmen gmeyner mann,
Seind hie zů gegen auff der ban,
Zů wider der verstockten mund,
40. Beyd, Judn vnd falscher Christen schlund,
Von welchen ist vor langer zeit,
Zů sollchem vrtheyl propheceit,
So Gott verleügnen manchem ortt,
Den Herren Christ vnd ewigs wort,
45. Mit mund vnd that, wie man ietzt sicht,
Darauff das spil wirt angericht,
Auß lieb vnd eiffer, frummer Christ,
Nichts lächerlichs zuwarten ist.
Nu kummen wir auffs Argument,
50. Welchs manchem frummen mann bekent
Im bůch beschriben Genesis,
Am fünff vnd dreissigsten, da liß. [ ]

---

22 S² Bedeütet. 28 O *Druckfehler* Aij — 26 *corrumpiert?* geleibt = *Kapitel?* 31 A erstan. 32 S¹ ewiger AS² ewiger Künig. 36 A zůgefallen. 40 AS Juden. 41 A welchem. 43 S verlügnen. 44 A Herrn.

Argumentum.

GOtt ist erschienen one fel,
Jacob, den er nant Israel,
55. Dem dritten Patriarchen gůt,
Sein samen benedeien thůt,
Vnd will jn meeren wie den sandt,
Solt doch frembdt sein in ferrem land,
Nit minder dann vierhundert jar,
60. Das ward jn über all zůwar.
Nu hatt Jacob zwölff sůn geborn,
Die zwölff Ertzuätter ausserkorn,
Die hant jrn hass auff Joseph ghaufft,
Ins land Egipten jn verkaufft,
65. Gott rett jn aber in der nott,
Macht jn Pharonis höchsten rodt.
In des gab sich ein theüre zeit,
Das alle völcker kamen weit
Vmb frucht, ins ietzt gemelte land.
70. Da das Jacob der alt befand
Sant er hin vnser våtter auch,
Gen jn da stelt sich Joseph rauch,
Nach dem er sie erkennet hat
In jrer bitt, hinzů jn trat,   [Aiiij Band]
75. Band Simeon mit stricken hart,
Biß zů der andren widerfart.
Da gab er sich zů kennen jn,
Pharoni, auch die brůder sin.
Darnach sant er sie wider auß,
80. Nach Jacob vnd seim gantzen hauß.
Als nu der alte Israel,
Die bottschafft hort, erquickt sein seel,
Brach eilent auff mit hab vnd rath,
Egypten zů, das ist die that.
85. Daneben aber lieben Herrn,

---

54 S¹ Israhel *auch sonst*. 55 S Den. 60 A war. 66 S rhat. 70 S² alte. 72 A jm. 76 S andern. 78 S² Pharaoni, S sein.

  Das wir im dienst eüch nützer wern,
  Haut wir dPropheten hie eingfürt,
  Auch was hiemit sunst Concordiert,
  Obs gleich nahm besten vrtheil nit,
90. Als gnůg erwegen, volgt doch mit,
  Wie sie im schein zůstimmen doch,
  Welch gleichung dann macht scherpffer och
  Vnd so vil gwisser den verstand,
  So vil er on sie vnbekant.
95. Noch wölln wir hie gebetten han,
  All die Comoedias verstan,
  Das sie im vrtheyl nit zurauch,
  Weil ich so vil personen brauch, [Wir]
  Wir handt den nutz der spectatorn
100. Fürs lob gesucht der hoch doctorn,
  So fürderts auch die ware that,
  Die sunst doch vil personen hat,
  Drumb hört on rhůmsüchtigen zanck,
  Lasst eüch die zeit nit sein zulangk,
105. Vnd merckt mit still on neid vnd trotzs,
  Daneben das geheymnuß Gotts.
  Die schrifft zeygt ye die windlen zart,
  Darinn Christus verwicklet wart.

    End des Arguments.

Actus primi Prima Scaena.

Christus sampt ettlichen Aposteln vnd Propheten,
die Histori zudeütten thůt sich herfür. Item, Josephs
brůder melden yren hass gegen im, Joseph erzält
ihn seinen traum, darauß sie fast verbit-
teret wurden. Jacob schickt sie gen
Sichem das vich zů weyden.

---

87 S² Propheten, A hieein gfiert, S² einfürt. 92 S auch. 98 A weil sie.
105 S trotz. 107 S² zeygt an. 108 *Danach fehlt in S* End des Arguments.
S² *hat nie die chiastische Ankündigung sondern consequent* Actus Primi
Scena I. u. s. w. A *schreibt* Scena, *welches Wort in A immer eine Zeile*

CHRISTUS, PETRUS, SIMEON, SEBULON, JACOB, JOSEPH. [A v Kumpt.]
Christus.

Holzschnitt: Christus, in der Linken eine Fahne, die Rechte zum Segen erhoben, rechts Petrus mit den Schlüsseln, links Paulus mit dem Schwert.

      Kvmpt her jr vilgeliebten mein,
110. Aposteln vnd Propheten fein,   [Laßt]
      Laßt vns her in ein winckel sthan,
      Vnd schawen was hie für wôll gan,
      Das vnser niemant innen werd,
      Seit wir so vnwerdt seind auff erd,
115. Doch seit wir abgescheyden seind,
      Vnd auff gefaren liebste freünd,
      Hant vns keyn menschlich augen nie,
      Leiblicher gestalt gesehen ye,
      Vnd soll hinfürter also sein,
120. Biß zû der letsten zûkunfft mein.

Petrus.

      Sich Herr, wir volgen war du wilt,
      Du bist ye vnser burg vnd schildt.

Simeon.

      Ich will gahn weilandt ausser sthon,
      Kumm mit mir brûder Sebulon.

---

für sich einnimmt, ausser 3, 4 f., 5, 1 f., 5, 6. S¹ hat nicht weniger als 13 Variationen: chiastisch und nicht chiastisch, Scaena und Scena, grosse und kleine Buchstaben, Ziffern oder ausgeschrieben u. s. w. Die Form Actus Primi Scena I *noch 2, 3. 3, 5. 4, 2. 4, 3. 5, 2. Die Abtheilung der Zeilen in den Inhaltsangaben weicht in S immer stark, in A minder, oft gar nicht ab. Dasselbe gilt von den Psalmen und dergleichen. S verbittert. Zu A hier und sonst zur Vertretung dieses Holzschnitts eine grobe Illustration: die Scene in Emaus, Thomas legt seine Hand in Jesu Seitenwunde; andere Jünger rundum* 114 A sind. 118 S¹ gstalt. 121 A wo. 123 S gehn.

Sebulon.
125. Die andern brůder kummen auch,

Simeon.
Schatt nit, wann nur nit kumpt der gauch
   Der traumer, der vns stets verleügt   [Beim]
Beim vatter, der jn darzů zweigt,
Wa vnser eyner ettwas thůt.
130. Schickt er Josephen auff die hůt,
Dem glaubt er seiner red so wol,
Liebt jn meer dann vns allzůmol,
Und mutzt jn auff recht wie ein dock,
Hat jm gemacht ein bundtenrock,
135. Dass ich vor grossem neid vnd zorn,
Auff jn schier würd zum zibeldorn,

Sebulon.
Still, still, sie kummen on gefer,
Der vatter vnd Joseph daher.

Jacob.
Ir knaben merckt was ich eüch sag,
140. Es ist nu hoch und spot am tag,
Geht auß dahin ich eüch bescheyd
Zům vich gen Sichem auff die weyd.

Joseph.
Ey vatter eilt nit also seer,
Ich wolt eüch sagen ettwas meer,   [Was]
145. Was mir getraumpt, lieb brůder mein
Hört zů, ich war entschlaffen fein,
Da daucht mich wie wir auff dem feld,
Auffbunden garben (als ich meld)

---

128 zweien *oder* zweigen *hier in der Bedeutung: trennen, aufsessig machen, hetzen.* 132 A alle zůmol. 133 mutzen: *putzen (verächtlich),* dock: *Puppe.* 136 zibel: *Zwiebel.* 140 AS spat. 143 S² nicht. 146 A ward.

Die meinen stuuden auffrecht hoch,
150. Die ewern aber neygten doch,
Mit macht sich gegen meinen dieff,
Als ich nu wider eins entschlieff,
Sach ich im schlaff ein andern traum,
Kan michs genůg verwundern kaum.
155. Mich daucht, wie Son vnd auch der Mon,
Mit sampt eylff sternen gneyget hon
Gehn mir, da wüßt ich auff mit macht,
Da war es nur ein traum der nacht.

Simeon.

Soltestu dann vnser künig sein?
160. O lieben brůder secht darein,
Wie ers in seinem raht so schon
Beschlossen, das wir sollen gohn,
In seinem dienst ewige knecht,
Damit er sich zům künig mächt.
165. Wollauff wollauff vnd laßt vns gohn,
Wir wöln den sachen anders thon. [Chri-]

Christus.

Fürwar, fürwar sag ich eüch das,
Es ist erfült der våtter hass,
Nach dem sie überantwurt hant
170. Des menschen sůn, Pilati handt,
Das er sich hat ein künig genant,
Vnd waren Gottes sůn bekant,
Schrien mit grimmer stimm gemein,
Der Keyser vnser küng allein.

Jesaias.

175. O heyliger Christ wie stund so schon,
Josephen traum auff Gottes son,

---

157 A wüscht S wust. *wischen oder wüschen (praet. wischte, wuschte, wüste) wie noch heute unser wischen intrans.: sich schnell bewegen.* 158 O Druckfehler nach. 159 A soltstu S soltest du. 166 A wöllen. S anderst thůn. 171 S gnant. 173 S schreyen. 174 A künig. 175 A stond.

Els. Lit. Denkmäler II. 3

Dauon ich hab vorlanger zeit,
Meins buchs Isye propheceit,
Am fünff vnd viertzigisten zwar,
180. Mir sollen alle kney fürwar,
Gebeüget werden, sprach der Herr.
Vnd alle zungen nah vnd ferr,
Bekennen Gott von hertzen frei,
Das meint Joseph gewiss hiebei.

Christus. [On]
185. On zweiffel sagt er wie du weyßt
Mich hat gedeüttet nach dem geyst.

Actus primi Secunda Scaena.
JACOB, JOSEPH, BERIA.
Jacob strafft Josephen des erzälten traums halben,
schickt ihn hin seine brůder zusůchen, findet jhn
ein mann irr gohn, weiset ihn die straß.

Jacob.
JOseph Joseph, kumm her mein sůn,
Kumm her, ich will dich senden thůn,
Zů deinen brůdern auff die weyd,
190. Das du mir dannen bringst bescheid.

Joseph.
Sich vatter sich, ich bin doch hie,
Dein willen zů volbringen ye. [Ja-]

Jacob.
Sag an, was ist das für ein traum?
Den du erzälet, dich nit saum.

Joseph.
195. Mein vatter, denckstu noch daran?
Was soll ich dir doch sagen an?

---

178 S¹ Jsaye S² Jsaie. 179 S viertzigsten. 180 A knye. 187 A sun.

Bistu dann auch bekümmert mit?
Wöllst mir verzeihen ist mein bit,
Seit ichs in argem nit geredt,
200. Ist mir geträumet auff dem bett.

Jacob.
Wie kan es Joseph mir gefalln?
Das ich sampt deinen brüdern alln,
Für dir mich bucken solt zur erd
Nach deinem traum, wer mir ein bschwerd
205. Was solt ich durch die Sonn vnd Mon,
Dann mich vnd dein mûtter verston,
Darzû eilff sternen volgen mit,
Seind das dann deine brûder nit?

Joseph. [Ich]
Ich hab michs vatter nit bedacht,
210. Drumb denckt nit das ich eüch veracht.

Jacob.
Wolan, laß yetzund also sein,
Zeüch hin zû jenen brüdern dein.

Joseph.
Sich da ich bin bereyt vnd ghee,
Gott spar dich vatter gsund ade.

Jacob.
215. Geleyt dich meiner vätter Gott,
O Heylger herr Herr Sebaott,
Du wöllst vollfüren deinen glast,
So du yn vns angfangen hast,
Dein wunder seind so manigfalt,
220. Die vns hat diser traum erzalt,
Auß dem ich nit wol kommen kan,

---
201 O Joseph. 204 O wir. 211 O Walan. 213 AS gehe. 216 A O Heyliger Herr Sebaot. S¹ O Heyliger Herr Herr Sebaott. S² O Heyliger Herr, Herr Sebaot. 217 glast: *Glanz*. 220 S¹ erzal. 221 S kant.

Will jn doch nịt von hertzen lan,
Seit du vns ye verheyssen hast,
Wollst vns nit lan in keynem last,
225. Hast deinen bund mit vns gemacht.
Mit ernst nach vnserm heyl getracht, [B Das]
Das selb botstu vns selber an,
Da wir dein find, ab rechter ban,
Außgschritten gar, vnd in abfall,
230. Der schlangen radt ergeben all,
Den trost hastu nu Herr ernewt,
Mein våttern deinen bund verträwt,
Darumb wir nu in ewigkeit,
Dich preisen hie vnd jenner zeit,
235. Will recht mit friden wider nein,
Des traums doch onuergessen sein,

Joseph.

Ich meyn ich gang ab rechter ban,
Gott grieß euch lieber büderman.

Beria.

Gott danck dir lieber jüngeling,
240. Was hastu mût, wo hin so ring?

Joseph.

Zürn nit mien Herr, gang ich noch recht
Auff Sichem? oder weis mich schlecht.

Beria.

O nein du yrrest lieber sůn,
Was wolltestu zů Sichem thůn? [Zů]

Joseph.

245. Zů meinen brůdern hab ich bscheyd,
Die sollen faren da zů weyd.

---

228 AS² feind (*ebenso* 241 mein; *im Reim wird manchmal* min, sin *verwandt*). 229 S² Auß geschritten. 237 S² auff. 238 S grüß, AS biderman. 240 ring: *eilig (340), sonst: gering z. B. 441.* 243 A son. 246 S do.

Beria.
Wer seind sie, oder wie vil doch?

Joseph.
Nit minder weder zehen noch.

Beria.
Fürwar ich hab sie gesehen all,
250. Fürziehen hie auß disem tal,
Sprachen dabei mit heller stimm,
Wir wôllen hin gen Dothaim,
So geh zûr rechten ab zû tal,
Laß ligen ander strassen all,
255. Du würst sie bald ereilet han,
Sich, wa sie noch dortniden ghan.

Joseph.
Sie seinds fürwar on allen spott,
Vergelt dirs meiner vâtter Gott.
Wils auch nit onuerdienet lan,
260. Wa sichs begibt, lieb bidermann. [Bij Act-]

Actus primi Tertia Scaena.

Hie kummen die brůder gen Dothan, riemen die weid,
ersehen Josephen, werffen yn inn den Zisternen
stechen ein zügenbock den rock Josephs
zû besudlen, schicken in dem
vatter heym.

RUBEN, JUDA, SIMEON, SEBULON, ABA-
CUC, CHRISTUS, JONAS, DANIEL,
PAULUS, JOSEPH.

Oo der wunder besten weyd
Sie bringt eym sunder lust vnd freyd.

---

250 A die auß. 254 A an der. 259 S vnuerdienet. 261 S O.
262 S² freūd.

Juda.

Dan, las die schaff nit gen zuweit,
Dem wasser ist zů trawen neit,
265. Wehr Asser, wehr auch Neptali,
Eins wer darein gefallen bei,

Simeon. [Heu]

Heu, laßt sy an dem schatten stan,
Wurt vns sunst wie zum nechsten gan,
Das wir der grossen hitz entgelten,
270. Zu nacht vergeben müssen melcken,
Sie hand an weyd doch keinen brust,
So mögens trincken wan sy lust,
Kumpt jr hie her vnd seit nit lass,
Laßt vns da in das griene grass,
275. Zů samen sitzen vnd auch singen
Schalmeyen, pfeiffen einher klingen.

Sebulon.

Du bist zů loben Simeon,
Bei meinem eyd, für ander schon,
Des soll man dir des bilcher auch.
280. (Herzů jr brůder all hernach)
Gefolgen, so du one spott,
Allweg kanst gen den besten rhodt.

Ruben.

Ich will wol zů eüch sitzen her,
On singen, pfeiffen ist mir schwer.

Simeon. [B iij So]

285. So stimm du zů mir Sebulon,
Was wöln wir für ein liedlin hon.

---

263 S¹ Dann laß *misverständlich*, S² *geht weiter* Denn. 267 S²
laß, AS² den. 271 brust: *Mangel.* 279 S² billicher. *Sprich* och: hernoch

Sebulon.

Ich wolt du hetst dein bommert gnomn,
 Will ich mit meinr schallmeien kommn,
 Vnd dapffer zů dir concordiern,
290. Doch das wir rechter zeit pausiern.

Juda.

Auff auff, ich weyß nit wen ich sich,
Geht lieben brůder flucks zum vich.

Ruben.

Wer ists? es ist Joseph fürwar,

Sebulon.

Er kumpt recht, laßt jn kummen har.
295. Rath Simeon, was dunckt dich gůt?

Simeon.

Es soll jn kosten heüt sein blůt,
 Vnd werfft jn in die grůben tieff,
 Da ettwann ein das wasser lieff,   [Ein]
 Ein alt Cisternen in der wůstn,
300. Darnach wir alle sagen můstn,
 Yn hab ein wildes thier zerrißn,
 Als denn würt yedermann zůwißn,
 Was jm sein trảwmen nutz hab bracht,
 Damit er sich zům Künnig macht.

Sebulon.

305. Still still, redt alle menschen neit,
 Mir ist ich hab gespüret leut.

Abacuc.

Dein geist Herr Christe thet mir kundt,
 Der spôtter last vor mancher stund,

---

286 S¹ liedlein, A han. 287 f. S² gnommen : kommen. bommert (bomhart): *tieftönige Flöte.* 290 S² pausieren. 299 f. AS² wůsten: můsten. 301 f. S² zerrissen: zů wissen. 305 S² neüt.

Welchs ich yn nit verhelen wolt,
310. Vermant, schalt, strafft sy als ich solt,
Im ersten meiner prophecey,
Meins bůchs Abacuc, rufft vnd schrey
Dich an, vnd lůg o Israel,
Die Heyden vnd dein wunder zel,
315. Denn ich thů yetz zů ewer zeit,
Ein werck, daran jr glauben neit,
Ja wans euch schon würt angezeigt,
Das hant sy auch an Joseph geigt.

Simeon. [Biiij]

Was secht jr nur eyn ander an,
320. Es ist kein mensch auff diser ban,
Der vns mög jrren seyt nur frisch,
Mich lust das ich jn flucks erwisch.

Ruben.

O lieben brůder das sey ferr,
Das vnser eyner mords beger,
325. Vnd das wir tödten hie ein seel,
Sein plůt vergiessen auch mit quel,
Wir wöllen aber doch den bůbn,
Wie gmelt ist, werffen in die grůbn,
Vnd vnser hånd behalten reyn,
330. An seinem blůt vnschuldig sein.

Juda.

Secht auff jr brůder er ist da.

Joseph.

Lieb brůder wie bin ich so fro,
Das ich die find zů den ich gsant,
Vom vatter, Gad beüt mir dein haut. [Si-]

---

318 (1185) eigen: *haben, besitzen.* 322 A fluchs, *ebenso* 352. 326
Ş blůt. 327 f. AS² bůben: grůben. 332 AS² Lieben, S¹ Liebn.

Simeon.

335. Greifft zů Gad, Asser, Isaschar,
Der ein beim hals, vnd der beim har.

Joseph.

Nit lieben brůder nit also,
Wamit hab ichs verschuldet do.

Sebulon.

Wir wölln vns bucken aller ding,
340. Für dir nach deinen worten ring,
Dazů dich selber hast erwölt,
Ich mein es solt dir han gefelt,
Drumb greyff in dapffer an mit macht
An jm übn wir all vnser bracht,

Joseph.

345. Ich hab verkündet das mir Gott,
Im schlaff geoffenbaret hat,
So bin ich ietzt zumal gesant,
Nit von mir selber her gerant,
Was schlechstu mich dann one schuldt? [B v Si-]

Simeon.

350. Wir hand dich lang genůg geduldt,
Schweig stil, ich schlag dich auff den trock
Gib her mir flucks dein bundten rock.
Nempt hin du Gad vnd Neptaly,
Isaschar, Asser, vnd Leui,
355. Hinweg mit jm, jr wißt bescheyd,
Flucks, flucks, sei jm lieb oder leyd,

Holzschnitt: Joseph wird von zwei Brüdern am Strick in die Cisterne hinabgelassen, die anderen sehen zu. [Werfft]

---

336 S² hals, der ander. 344 AS² üben. 351 trock: troc, Trog, *burleske Bezeichnung für Kopf oder Bauch?* 351 S¹ vff.

Werfft jn mit ernst, hie ist kein feyr,
In jene gruben vngeheyr,
Was will Ruben dortnyden thun?
360. Ich maint wir wolten essen nun.

Sebulon.

Ich will euch gen ein guten rhodt,
Merckt auff jr gseln es dunckt mich not,
Wir wöllen stechen disen bock,
Vnd tuncken in das plůt den rock,
365. Vff abentheür vnd frey feinantz,
Damit vns sicher grat die schantz,
Er hats, brauch dich lieb Simeon,
Das plůt wol auff das recklin gon.

Simeon.

Ich main er sy besudlet recht,
370. So ferr es dir will gfallen echt.

Sebulon.

Secht da, es will von nötten sein,
Das wir neit vnuersucht lan hein,
Nym du Juda mit sampt dem Dan,
Den rock vnd sagt dem vatter an, [Ir habt]
375. Ir hapt ihn funden auff der straßn
So wůßt vnd pluttig one maßn.

Juda.

Es ist mit Dan alleyn genůg,
Nim hin, versichs nach allem fůg.

Sebulon.

Nun wölln wir essen kompt herbey,
380. So wir seind aller sorgen frey,

---

361 S rhat. 365 AS² Auff, A fynantz. feinantz: *Finanz, listiger Anschlag.* 366 *damit es uns glückt, gelingt; Gegensatz* die schantz versehen 1005. 368 S röcklein. 369 S² besudelt. 370 A recht. 372 S² nit. 374 S² sag. 375 f. strassen: massen.

Nim war, die kommen wider och,
Er ligt merck ich wol in dem loch.

Christus.
Was dunckt dich Jona trewer fründ,
Das man hiebey gedencken künd.

Jonas.
385. Mein geist bey der figuren denckt,
Wie ich Herr ward ins meer gesenckt,
Vnd was noch mer beschriben sey,
Am andern meiner prophecey.

Daniel. [ ]
So denk ich wie in meinem bůch.
390. Am dritten Danielis sůch,
Mich werfen ließ in ofen heyß
Selb dritt, der küng zu Babel weyß.

Paulus.
So kan ich Herr nicht vnderlon,
Sunder was ich fiel, zeygen an,
395. Dunckt mich nach meines geystes maß,
Dein grůbnuß hab vns deüttet das.

Actus primi Quarta Scaena.

Joseph wirt wider auß der gruben gezogen vnd den
Ismaeliten verkaufft, Ruben dessen vnwissend, kumpt
zur grůben vnd find sie leer, klagt derhalben seer
weynende, zerreißt seine kleyder.

JUDA, SEBULON, SIMEON, PETRUS, DA-
UID, ISMAEL, RUBEN, CHRISTUS, SALOMON. [Juda]

Juda.
ICh mag bei Adonay nit,
Ein bissen lustig essen heüt,

---
381 S¹ kommend S² kummend. 383 O dunck, A freünd. 384 S² dabey.
386 O Hrr. 392 A künig.

Mir ist so törlich vnd so bang,
400. Allzeit vnd weil, ist mir zulang,
Mich dunckt die sach ye nit so schlecht,
Das wir jn tödten ist nit recht,
Er ist ye vnser fleysch vnd blůt,
Drumb lůgen eben was jr thůt.

Sebulon.

405. Fürwar Juda es ist keyn schertz,
Dein wort zerschneiden mir mein hertz,
Dieweil er vnser brůder ist,
Vnd jm noch nichts am leben brist,
So gib vns deinen radt dazů,
410. Wie man ihm aber weitter thů.

Simeon.

Kein bessern radt man geben kan,
Dann das wir jn verkauffen than,
Da reit ein hauffen kauffleüt her,
Fleicht kauffen sie ihn also mer, [Bringt]
415. Bringt mir yn flucks mit schneller eil,
Ich will gon, yn yn bieten feil.

Petrus.

Jetzt ist mir wie ich Judam hôr,
Mit stangen, spießen vnd gewehr,
Der dich Herr Christ verkauffet hat,
420. Wie er zum hohen priester trat,
Was gebt jr Juden mir zů lon?
Ich soln euch übergeben schon,
On alle far vnd on rumor,
Das hat Lucas beschriben zwor.

Dauid.

425. Der heylig geist aus meinem mund,
Sang auch von disem losen hund.

---

413 S¹ Da. 414 S² Vileicht. 423 S² gfar. 424 A zwar.

Sein warnung ôd vnd wûst soll sein,
Sein bisthumb nemm ein andrer ein.
Im acht vnd hundertsten gesang,
430. Meins Psalmenbûchs, vor zeiten lang,

Simeon.

Mein Herren, lieben kaufleüt gût,
Nit nement auff zû argem mût,
Das ewer knecht euch auffenthalt,
Ich wißt gern ewer reiß gestalt.   [Ismael]

Ismael.

435. Von Midian kummen wir har
Mit Balsam, wurtz vnd andrer gwar.
Vnd ziehen ietzt zû nechst hinab
Egypten zû, mit vnser hab.

Simeon.

Zürn nit mein Herr, hôr noch ein wort,
440. Ich hab ein knecht, den bringt man dort,
Den kaufft jr vmb ein ringes gelt,
Besecht ihn wie er eüch gefalt.

Ismael.

Ists diser da on rock vnd hût,
So wol beschmert mit dreck vnd blût.

Simeon.

445. Er ist geschickt, auch weiß vnd klûg,
Verstadt sich aller ding genûg.

Ismael.

Nimhin da zweintzig silberling,
Meins kauffs mach ich gern kurtz geding.   [Si-]

---

427 *lies* wonung? *oder bedeutet* warnung *hier*: *Besitz, Habe (Lexer 3, 695: Zurüstung).* 436 S² ander. 443 S² Ist. 444 AS beschmiert. 447 S zwentzig.

Simeon.

Ich bin für war auch des gesitt,
450. Wolan, es ist genug damit.

Ismael.

Du můst erlauffen was ich reit,
Da hilfft kein hynderschen neit.

Ruben.

Wa soll ich hin was soll ich thůn?
Wahin soll ich mich keren nůn?
455. Meins vatters son ist nimme da,
Nit hie noch dort, noch anderswa,
Heu, heu die grůb die grůb ist ler,
Ach Gott wie leit es mir so schwer,
Ich will von yn des wissen han,
460. Wa hin sy yn ja haben than.

Christus.

Hôr Salamon mein trewer knecht,
Was teüttet dises weynen echt.

Salamo. [C Es]

Es stimpt mit meinem hohen lied,
Am dritten, wie ichs vnderschied.
465. Ich hab gesucht mit grossem ernst,
Den ich wolt haben aller gernst,
Vnd hab yn doch gefunden nit,
War soll ich wenden meinen trit?

Petrus.

Das hat des Herren geist zemol,
470. Auff Mariam geteüttet wol,
Die Magdalena würt genant,
Als sy kam zů vns dar gerant,

---

452 OA hynderschen. 456 S¹ anders wo S² anderswo. 461 S
Salomon, *ebenso in der nächsten Ueberschrift.*

Sy hant den Herren auß dem grab,
Genommen hin, das mich vorab
475. Bekümmert, das wir wissen nit,
Wahin sy seien kommen mit,
Dann wir verstunden nit die schrifft,
Die Herr dein heylge vrstend trifft,

Ruben.
Was geht jr vmb, was wölt jr thun?
480. Sag an, wa ist doch Joseph nůn? [Sebulon]

Sebulon.
Nit kümmer dich, die sach sthet wol,
Wir wöllen heymgon ietz zemol,
Ich glaub yn hab ein thier verschluckt,
Denn da ich in die grůben guckt,
485. Da war er nit vor handen meer,
Laßt vns seim vatter klagen seer,
So ist das vich auch wol bewart,
Dörfft jr nitt sorgen auff der fart.

Ruben.
O das ich nie geboren wer,
490. O mort der vil leidigen mer.

Actus primi Quinta Scaena.

Dan bringt Jacob seim vatter das blůttig röcklin
Josephs, Jacob erkents, zerreißt sein gewandt, Es
kummen auch die andern brůder ihn zuklagen.

DAN, JACOB, SEBULON, RUBEN.   [Cij Ge-]

GEgrüßet seystu vatter mein,

---

478 S² heylige. 482 S heym gehn, A zumal. 489 S nit. 491 S¹ seyestu.

Jacob.

Hab danck, biß mir willkomm herein,
   Wie kompst allein, was ists. was thůts?
Es annt mich warlich nit vil gůts,
495.   Ist Joseph nit bey eüch gesein?

Dan.

Nein lieber vatter o we nein,
   Drumb hant die brůder mich gesant,
Da wir dis röcklin funden hant,
   In massen wie es yetzen ist,
500.   Am weg mit plůt vnd kat vermist,
   Das ich dirs solte zeygen frey,
     Ob es nit vnsers Josephs sey.

Jacob.

O mort was bringstu böser mer,
   Ach das er heymen bliben wer,
505.   Das ist meins Josephs recklin zwar,
   Meins Josephs rock, ist leider war,
Ein böses thier hat yn zerzert
Ein thier hat Josephs plůt verrert. [Sebulon]

Sebulon.

Ghet lieben brůder dapffer her,
510.   Ich sich dort schon on all gefer,
Den vatter vor dem haußе stan,
   Ruben der erst soll zů jm gahn,
Darnach wie sich ym prauch gezimpt,
   Der ältist ye zůuor bestimpt,
515.   Symeon, Leui, ist das best,
   Juda, Dan, Neptali zů lest,
Gad, Asser vnd der Isaschar,
   Zů lest werd ich auch kommen zwar.

---

494 S ant. 499 S yetzund. 508 verrēren: *verschütten, vergiessen, zerstreuen.* 513 S brauch. 516 S² letzt. 518 AS² letst.

Ruben.

Eya trutz lieber vatter mein,
520. Du solt vatter gegrůsset sein,
O vatter mein ich bitt Gott geb,
Das dein seel jm vnd ewig leb,
Eya trutz lieber vatter mein,
Stand auff vergiss nit selber dein,
525. Sich, da sind wir doch all dein kynd,
Ker doch dein traurigs hertz geschwynd,
Zů vns, die wir ja mit dir beyd,
Bedencken dein vnd vnser leid. [Ciij Jacob]

Jacob.

Neit neit, ghet von mir weit hindan,
530. Mich armen sollt jr faren lan,
Mit gantz ellendem hertzen schwer,
Mit heülen, trawren, weynen seer,
Zů meinem lieben sůn hynab,
Mit schmertzen yn der hellen grab.

Hie mag gesungen, gepfiffen oder ge- 1.
orglet werden diß nachuolgende
oder anders.
Volgt der 2. Psalm Dauids yn der weiß
Capitan. Hergott vatter mein. 5.
DEr heylig geyst auß Dauids mund
strafft hie gůt rund, was wider Gott
sich setzet hart. Vnd seim gesalbten zů der
stund, stoßt gar zůgrund, das volck vnnd
auch die künig nit spart. 10.
Was grümt das volck die Fürsten gmein,
mit ein, wider den gsalbten Gotts. Laßt uns
jr band, zerreißen zhand, In schand, die [strick]
strick jrs falschen rhats, hin von vns werff-
en wie ein schnots. 15.

---

525 S seind. 530 S¹ lon. (1) S² georgelt. (5) S Herr Gott.
(13) O jr hand. (15) A *fehlt* wie ein schnots.

Er spott yr der ym himmel wont, yr nit ver-
schont, erschreckt sy hart in seinem zorn. Auff
Zyon sitzt mein künig gekront, da niemant
wont, du bist mein son der heütgeborn. So
heysch von mir ich wil dir gen, als denn die   20.
Heyden erbens weis, dem besitz der gantzen
erden kreis mit fleiß, regiers mit eißner růt
brichs wie man haffners gschirren thůt.

Actus secundi Prima Scaena.

Phna, Sophore Potipharis weibs magt, öffnet
Nechon Pharonis trabanten wie Joseph yn
Egypten verkaufft zey, durch die Ismae-
liten yrem Herren Pothiphar, Necho
růfft Potiphar zům Künig.

NECHO, PHNA, SOPHORA.   [Ciiij Ein]
                  Necho.

*Holzschnitt: Necho stattlich gekleidet,
mit hohem Turban, in Rednerpositur vor
der einfacheren Phna.*

535. EYn gůtten tag sey dir gesagt,
        Lieb Phna, mein du vil werde magt,

                Phna.   [Hab]
        Hab danck traut lieber Necho mein,
        Was mag dir angelegen sein?

                Necho.
        Sich da, ich bin von Pharo gsandt,
540.   Den Herren (Pottiphar genandt)
        Zů jm zeholen on verzuck,
        Drumb liebe, ist er drinnen guck.

---

(17) S Vff. 539 S gesandt. 540 S *corrigiert meist Schreibungen
wie* Salamo, Pothiphar, Pottiphar. 541 S² zů holen.

Phna.

Er ist daheym, es hat nit not,
Mit Joseph sich ettwas berot,
545. So bald er dann würt müssig sein,
Gehstu wol selber zů jm nhein.

Necho.

Wer ist der Joseph, vnd waher?

Phna.

Er ist sein knecht, ein Hebreer,
Den halt er also hoch vnd schon,
550. Hat jm sein gůt als vnderthon.

Necho.

Warumb eim Juden nimpt mich frembd?
Ich meynt er het sich sein beschembd. [C v Phna]

Phna.

Da wer noch lang zů sagen von,
Wann ich so vil möcht weilen hon,
555. Weyst wie er kommen sey hereyn.

Necho.

Kein wort,

Phna.

Ich will dirs sagen fein.
Wie wol ich nit wol hab der weil,
So will ichs ye doch thůn mit eil,
Auch kan ich sunst nit vil geschwetz,
560. Wie wol mans vns offt keret letz,
Spricht, das wir weiber schwetzen vil,
Ja ob ich auch schon langer wil,
Kein stumme fraw gesehen hab,
Bin ich doch nit also vorab,

---

551 S ein. 555 S² hinein (S¹ *Druckf.* heyeyn) 560: *wiewol man uns oft diese Beleidigung* (letze: *Schädigung, Verletzung*) *zuwendet*. 562 A weil.

565. Mein red ist gantz schlecht ja vnd nein,
Gezierter vmbschweiff, kan ich kein.

Necho. [Ich]
Ich kenn dich wol von alter her,
Ein fromme magt doch selten ler,

Phna.
Was brumstu mit dir selb allein?

Necho.
570. Ich redt mit mir das lobe dein,
Scheücht hie dein gegenwerts gehör?
Zů preißen laut dein lob vnd eer.

Phna.
Bist aber weißer weder ich,
Was ich gedenck, das red ich glich.

Necho.
575. Das lon wir faren, far du fort?
Von Joseph, widerhol die wort.

Phna.
Du kenst wol hie den Ismael,
Der bracht Joseph von Israel,
Mit kauffmanschatz vnd solcher war,
580. Aus ferren landen mit ym har.

Necho. [Was]
Was ist das Phna für ein fäl,
Das du jn nennest Israel?

Phna.
Sein vatter würt also genant,
Vnd auch Jacob, hat er bekant,

---

574 S gleich. 581 Phna? *Ueber* 583 ff. *steht in* OAS¹ Sophora.

585. Als sie jn brachten, wie gemelt,
Botten jn feyl vmb ettlich gelt,
Da kaufft jn Pottiphar mein Herr,
Nu merck, wie es gieng weitter mer,
Er sah auff ihn mit grossem fleiß,
590. Da fand er ihn so gschickt vnd weiß,
In allen dingen träw vnd frůmb,
In summa, glück was vmb vnd vmb,
Zů hauß vnd feld was er anfieng,
Als glücklich durch jn abegieng,
595. So, das mans klårlich sehen mocht,
Das ers nit on ein Gott volbracht,
Hierumb sich meines Herren gůt,
An vich vnd hab zůnemmen thůt,
Darumb ist er so groß geschetzt,
600. Ob meines herren hauß gesetzt.
Was kracht die thür? schaw lieber schaw,
Wer kumpt? es ist fürwar mein fraw. [Sopho-]

Sophora.

Was sthet jr da, was ist die mer?
Sich, mein magt Phna schleüffet die scher.

Phna.

605. Mich fragt des Küngs trabant so gnaw
Nach Joseph, das ich liebe fraw,
Nit weichen kan ich sag jm dan,
Wie er vns worden wer, vnd wann.

Necho.

Fraw Sophora, wolt jr geweren
610. Den Künig, so schickt jm ewern herrn.

Sophora.

Fůr Phna, Nechon selbs hinein,
So hört er dan den Herren mein.

---

592 S¹ *Druckf.* gluck. 593 S² anefieng. 594 A abgieng. 604 S¹ schleyfft S² schleifft. 605 AS¹ künigs. 610 S² Herren. 611 Phua? Vgl. 581.

Phna.

So volg mir Necho nach hierein.

Actus Secundi Secunda Scaena. [ ]

Sophora des hoffmeisters Potiphars weib, beklagt
sich der vnordenlichen liebe gegen Josephen bey yr selbs
vor dem hauß allein, Declariert der bůler sorgfältige
trawrige gemůtter, würbt vmb Josephen, so von
seim Herrn zů hoff gesant was vnder we-
gen, welcher doch nit hören noch ihr
gehorchen wolte hierinn.

SOPHORA, JOSEPH.

O wee mein höchster Jupiter,
615.   Cupido du gewaltigster,
  O Venus, dein gestrenges kind,
    Durchtringt mein traurigs hertz geschwind,
  Mit scharpffen pfeilen heysser lieb,
  Du brünnens fewr, der ehren dieb,
620.   Was bringstu für ein preiß daruon?
    Wann du ein weib bezwingest schon,
  Ein plede creatuer seer,
    Du plinder schütz, wa ist dein ehr?
  Mir kam doch in mein keüsches hertz,
625.   Nie semlich vngehörter schmertz,
  Als seit der zeit so Joseph kam,
    In vnser hauß der heysse flamm,
  So bitt ich edle Venus mein,
    Gib jm das auch dagegen ein,
630.   Vnd aber nim du bald hinweg,   [Das]
    Das du mir gabst, das groß geklåg,
  Heu soll ich mir ein sollchen mann,
    So hertzlich lassen ligen an,

2, 2 S vnordelichen, wolt. 617 O durchtrignt. 619 S¹ brinnends
S² brennends. 622 A blöde S plöde, A Creatur S Creature. 632 A
sollichenn.

Treib auß deim keüschen hertzen treib,
635. Die schandtlich lieb, o leydigs weib,
So fast du magst, ja wann ich möcht?
So wer ich auch geschickter lecht,
Mich zwingt vnwillig newe macht,
Ein anders hat mein hertz betracht,
640. Ein anders radt mir liebes brunst,
Ich kenn das recht vnd lobs vmb sunst,
Denn ich folg nur dem bösen nach,
Du arme, was ist dir so goch?
Nach disem Hebreischen knecht,
645. Er ist der thewren frawen zschlecht,
Wa komm ich hin, was foch ich an?
Du schändtlichs fewr, woich weit hindan
Solt mich erbitten liebes lust,
Eim dem mein lieb noch vnbewußt,
650. Wie möcht ichs jmmer vndersthon?
Schamm würd mein mund beschliessen than.
Jetzt weyß ich mir ein freien fund,
Brieff brieff, die müssens machen kundt,
Keyn bessers möcht ich han erdacht,
655. Er kumpt, O wee die thür die kracht, [Er]
Er ists, ich wags vnd solt ich schon,
Eya meins hertzen höchste kron,
Du bists nach dem mein hertz verlangt,
An dir mein leib vnd leben hangt,

Holzschnitt: Sophora geputzt, mit grossem Federhut, die Hände gespreizt, monologisiert; hinten Joseph; im Hintergrund Mauer und Thürme.
[Das]

660. Das zeygt dir an meins leibs gestalt,
Meins antlits farb so manigfalt,
Mein leib falt ab, mein augen feücht,
Kein seüfftz dem andern wol entweicht,

---

641 A sonst. 642 S² den bösen. 643 A gach. 645 OAS gschlecht (*würde auch* = *mhd.* geslaht *nicht in die Construction und den Sinn passen*). 646 A fach. 658 S² bist.

Dich trag ich stets in meinem synn,
665. Ich ghe, stee, oder wa ich bynn,
Wie wol mein brünnents hertz verwund,
Zůweilen krefftig widerstund,
Den starcken waffen deiner lieb,
Das ich mich jren überhieb,
670. Vnd mer dann einem armen weib,
Gebürt, ein hartes leben treib,
Nun werd ich vberwundne fraw,
Bezwungen, darumb denck vnd schaw,
Was ich dir hie bekenn vorab,
675. Darnach ein hertzlich bitten hab,
Zerwerben mit deinr hülff und gunst,
Es stat allein yn deiner kunst,
Erhalten und verderben mich
Liebhabends weib, liebhaben dich.

Joseph.

680. O Sophora traut frawe mein,
Das wer mir nit ein kleine pein, [D Vnd]
Vnd das mein frawe sollt durch mich,
In vnfall kummen låsterlich,
Seh deinen grossen nammen an,
685. Schon deines manns, meins Herren dran,
Der mir sein leib vnd gůt vertrawt,
Fast mir ab deinen worten grawt, [Er]
Er hat jm nichts behalten vor,
Das er mich ließ nit wissen zwar,
690. Dann deinen werden leib alleyn,
Hat er jm vorbehalten reyn,
So schlag auß deinen widermůt,
Vnd nimm, bit dich, mein red für gůt,
Er hat mich hin zů hoff gesant,
695. Ady, Gott bhůt dich fraw vor schandt.

---

679 liebhaben *(vgl. 830) am Schl.* Getruck *vgl. Weinhold S. 140.*
680 S² traute. 684 S Secht ewern. 687 S² Des mir. 689 S nit *vor* ließ.

Actus Secundi Tertia Scaena.

Sophora rewet ihr enteckte lieb so sie gegen dem Joseph gehabt vnd offenbart hatt fast seer, dieweil sie keyn fürgang hat haben wöllen, leret sölliche fliehen, raht vnd antwurt ir selbs, vnd beschleüßt mit ihr, gewalt an ihn zulegen vnd zů ůben.

[Sopho-]
Sophora.

Da gsche mir armen frawen recht,
Das ich so frefflich hab lautprecht
Gemacht, meins hertzen tieffe wund,
Da mir so grosse far auffstund,
700. Warumb hab ich so bald geschnelt?
Das ich verborgen haben sölt?
Warumb hab ich nit vor erkund?
Sein hertz, mit weitschweyffigem mund,
Ich solt vorhin han wol erwegen,
705. Wie dschiffleüt auff dem möhr pflegen,
Ob gůtter wind am himmel wer,
So fůhr ich sicher über mör.
Nun aber ist mit bösem wind,
Erfült mein segel so geschwind,
710. Am felßen würt mein schiff bewegt,
Mit môres wellen überdeckt,
Das ich nit kummen mag zů land,
Mein ellend ist mir wol bekandt,
Das ists das mir den schaden thůt,
715. Er kumpt ye nit von Tyger plůt,
So hat er auch on allen schertz,
Keyn steynern oder eisen hertz,
Keyn Adamanten tregt er mit,
Hat lewen milch getruncken nit, [Dij Er]
720. Er würt sich vberwinden lan,
Ich will nichts vnuersůchet han,

---

697 lautprecht (*mhd.* lûtbreht): *offenbar.* 699 S² gfar (S¹ fahr).
700 A geschnölt. geschnelt: *übereilt (Bild vom Pfeil?).* 701 OAS¹
solt. 705 A die schifleüt. 707 S¹ meer S² Meer. 710 S² schimpff.

Wie wol es ist, wann ichs vermöcht,
Das kromme wider machen schlecht,
Wer dis der erst vnd beste rhat,
725. Das ichs nie angefangen hat.
Zům andern ist neit bessers mee,
Dann das mein anschlag für sich gee,
Es ist auch nit yn seim gewalt
Das er mein anschlag hinderschalt,
730. Vnd ob ichs schon yetz vnderließ,
Ein leichte fraw ich dannoch hieß,
Als die yn wolte an dem flůg,
Versůchen, reitzen mit betrůg,
So kan ich nichts vneerlichs mer,
735. Anrichten, weil all mein beger,
Endecket vnd eröffnet ist,
Allein das werck des yrthumbs brist,
Vnschuldig kan ich nimmer sein,
Ob schon verfelt der wille mein,
740. Das größt leit alls am bößen můt,
Das werck des yrthumbs gwenigst thůt
Will recht jm wider eynen gon,
Einr gůtten stund in hoffnung ston. [Actus]

Actus Secundi Quarta Scaena.

Potiphar zůcht zů hoff mit seim trabanten, begeget
ym sein weib Sophora vor dem hauß gantz
traurig, welchs sy mit liegen verquant.

POTHIPHAR, SOPHORA.

Was ist mein thewrer gmahel dir?
745. Das du so trawrig stost vor mir?

Sophora.

Mich bschwert Potiphar lieber herr,
Nichts dann dein abscheid nur so seer.

---

726 S² nit. 729 S² anschleg. hinderschalt: *zurückdränge.* 736
S entdecket. 740 A alles S als. 743 S² Einer. 2, 4 AS zeücht. verquanten: *vertuschen.* 744 S trewer. 745 A staßt S² stähst.

Pothiphar

Ich will nit weiters denn zů hoff,
Mit meim trabanten, darumb hoff,
750. Auff vnser schnelle widerfart,
Mein abscheyd nim nit vff so hart.

   Sophora   [Diij Vergüß]
Vergüß mein nit mit dem geding,
O kem die weil der jüngeling.

Actus Secundi Quinta Scaena.

Joseph keret wyder heīm, begeget ym seins Herren
weib Sophora, bitt yn vmb bůlschafft, bitt sy Joseph ab
zůsthon, vnderstoht yn das weib zů heben, laßt yr den
mantel, vnd fleůcht daruon, Sophora verklagt
yn vor dem Herren, er hab sy wolt zwingen
darumb yn sein Herr, zů vil glåubig
dem weib, gefangen legt.

**JOSEPH, SOPHORA, PHUA, POTHIPHAR,
GENUBATH.**

WOlan ich hab das mein gethon,
755. Will yetzund wider heyme ghon,
Mich wundert was Pharo gedenck,
Wa hin die gros rüstung sich lenck,
Vnd was sein wöl dauon man sagt,
Sy seyen alle schon vertagt, [Zů]
760. Zů rennen, stechen, vnd turniern,
Zů fechten, lermen vnd hoffiern,
Mit harpffen, lauten, geigen vil,
Mit zimblen, orglen, ander· spil,

---

751 AS auff. 753 A jüngling. 2,5 S² begegnet, A gwólt S¹ wólln
S² wöllen, S gfangen. AS² immer Phna, *Gart ändert aber 2,5 mehrfach des Verses wegen* Phna *in* Phua; S¹ Phua *in* 798. 756 A gedenckt.
759 vertagt: *bestellt.* 760 f. S² turnieren:hofieren. 761 OA lern die
S lernen die. hoffiern *hier: Ständchen bringen, musicieren.* 763 S²
zimbeln.

Als pfeiffen, trummen vnd gesång,
765. In summa, ser ein groß gebreng
Wiewol es nit gar one ist,
Sein jartag würt in˙ kurtzer frist,
Acht ich das er yn wôll beghen,
Mit solchem prachtischen gethôn,
770. Doch will ich michs nit jrren lon,
Will lûgn was ich zů schaffen hon.

Sophora.

O das ich sech der mich erloßt,
Herkommen, Joseph meinen trost,
Er kompt, er ists, er ists, er ists,
775. O Joseph kumm, du bists, du bists,
Der du allein bhaltst mich allein,
Du bist mein wunsch sunst anders kein,
Ach lieb du kenst mein␣␣kranckes hertz,
Günn mir der lieb früntliches schertz,
780. Ach schlaff by mir freüntlicher held,
Komm her mein hoffnung außerweldt, [Diiij Joseph]

Joseph.

Holzschnitt: Sophora, nackt auf dem Bett sitzend, zerrt dem empört fortstrebenden Joseph den Mantel ab.

O fraw das woll Gott nimmer mee,
Was gibstu raum dem bößen we?　　[Sophora]

Sophora.

Ich laß dich nit du gwerst mich dan,
785. Möcht dir wol sunst ans leben gan.

Joseph.

Sich da du bist meins herren weib,
Wie solt ich nu durch meinen leib,

---

766 S¹ *Druckf.* dar. 771 AS lûgen, S zschaffen. 779 AS¹ freüntliches S² freündtliches. 780 OAS schaff *(cf. zu 2246). Bei Hunnius 4,2 sagt Misraia* veni ocyus mecumque dormi. AS bey. 782 S wôll. 783 A gebstu. 786 A Herrn S² herrn.

Ein sollich grosses übel thůn,
Vnd mich by Gott versündgen nůn

Sophora.
790. O mortlichs mort o Genubat,
  Lauff Phna lauff, hôr die schnôde that,
 Wa ist mein Herr vnd sein trabant,
 Ich mein es hab mich vor geant,
 Als er hyn ging batt ich jn seer,
795. Er wolt von mir nit weichen fer.

Phua.
O Fraw mein hertze liebe fraw,
 Was ists was ists, schaw wunder schaw.

Sophora.   [Dv O Phua]
O Phua trautte Phua mein,
 Wie wollt es mir ergangen sein?
800. Hôr zů mit fleiß vernim mich recht,
 Der bôßwicht, der Hebreisch knecht.

Phua.
O fraw, mir grawet auff mein eyd,
 Seitt jr von einem mann geseyt,

Sophora.
Ja mir môcht yetz wol grawen schon,
805. Denn all mein har zů berge gon,
 Vnd nemlich so ichs sagen soll,
 Da magstu Phua dencken wol,
 Er meynt er wollt on allen span,
  Sein willn an mir begangen han,
810. Nůn ich ym aber wider stund,
 Mit gwalt er mich bezwingen gund,

---

789 AS bey, AS versündigen. 790 S² Genubath. 794 AS gieng.
795 fer: weit. *Nach* 797 O [Dv O pna]. 798 AS¹ Phna, Phna. 805
OAS¹ Dern. 806 S ich. 808 on allen span, 2155 on alle spen: *ohne
Widerstreit, Widerrede.* 809 AS² willen, S² begengen.

Da schrey ich laut mit heller stimm,
Was gleich der schreck vnd dflůcht in ym
Ließ da den mantel neben mir,
815. Vnd sprang dahyn, da růfft ich dir,

Phua. [Trut]
Traut liebe fraw gehapt eüch wol,
Da kompt schon vnser her zemol,
Dem wolln wirs vngesagt nit lon,
Nit weynt, lons ym vns sagen an.

Potiphar.
820. Horch zů, was ist das für ein gscholl?

Genubath.
Weyß nit Herr, was ich dencken soll,

Potiphar.
Was richt jr da für lermen an?

Sophora
Thůt alles vnser hübscher man,
Sagt ich dir nit mein Herr vorhein,
825. Du soltest nit lang aussen seyn.

Potiphar.
Wer hat dir than? bescheid mich recht.

Sophora
Joseph dein Hebreischer knecht,
Des gibt sein mantel zeugnuß klar, [Mein]
Mein keüchen, mein zerstrewtes haar,
830. Mein klopffens hertz, mein stechens miltz,
So rüst mich zů der grobe filtz,

---

813 AS vnd flucht. *Nach* 815 A [Traut]. 818 AS wölln 820 S² Horcht. gscholl (gscholle): *Lärm, Streit.* 822 S lerman. 823 A hüpscher. 824 AS vorhin. 826 S thon, S² bscheyd. 829 S² küchen.

Wie åschen laub, zittern mein beyn,
Mein arm seind schweror dann ein steyn
Wiewol mein schweren war vmb sunst,
835. Schreien was da die beste kunst,
Der wicht, wolt mich bezwungen han,
Als er mich sah alleynig sthan,
Da ließ ich so ein lautten gall,
Das es im gantzen hauß erschall,
840. Da sprang er eilend bald daruon,
Sein mantel hat er ligen lan,
Zum zeügnuß über sich in todt,
Darzů gib Herr, auch deinen radt.

Potiphar.
Das will ich dich geweren nun,
845. Er sols ja dir noch keyner thůn.

Genubat
Er steht dorthinden, lieber Herr,
Ich will jn zůhin fůren her,

Potiphar   [Gehe]
Geeh hin, er hat das leben sein
Verwürckt, dem ich trawt all das mein,
850. Vergolten gůts mit bösem lon,
Soll sehen weder Sonn nach Mon.

Joseph
Sich da mein Herr, ich bin allhie,
Kein böß hab ich verwürcket nie.

Potiphar.
Flucks, flucks, jn von meinen augen hin,
855. Ins küngs gefäncknůß leg mir jn.

---

838 A grall. gall: *Schrei.* 841 S lon. 845: *weder dir noch irgend einer.* 848 A Gehe. 851 AS noch *(vgl. S. 20).* 855 A küngs S Künigs.

Genubat
Her her, es gfall dir wie es woll,
Du hörst wol was geschehen soll.

Volgend mag gesungen werden diser nachgeschrib- 1.
ner Psalm Dauids in der melodei. Begnad mich Herr
ewiger Gott.
Nun sollen alle personen in ihr gemach gohn.

Psalm. 5.

HEr vnser Gott wie ist so groß, dein namm on moß,
im himmel vnd auff erden rund.
Du magst mit gwalt zů schanden bloß, dein feind
Gottloß, durch saugend iunger kinder mund. [Wann]
Wann ich dein werck an schawen soll, Mon, Stern 10.
zůmol, so mag ich dann, zů yederman, sprechen was bist
du mensch das Gott dein eindenck ist?
Du hast beraubt des menschen sůn, der Engel schon
ein kleine weil můß mangel hon,
In glory würt er auffersthon, der ehren kron, dein 15.
werck ym alle vnderthon,
Schaff, ochßen, summa alles vich, visch, vögel sich,
vnder sein fůß auch neygen můß, was in dem meer, dar-
über ist er gsetzt ein Herr.

Actus Tertij Prima Scaena.

**Pharao laßt sein obersten schencken Phiton sampt
seim obersten becken On, ins hoffmeisters Poti-
pharis kercker setzen, darin Joseph lag,
findt Joseph gnad vor dem kercker-
meister, das er yn ließ ledig aus
vnd ein gon, den andern
zů dienen.**

(2) S² nach geschriben, A melodi. (8) machst? (11) A zůmal.
(18) AS² fůß. A *fehlt* auch. (19) S gesetzt. 3,1 *letzte Zeile* S *fehlt* zů.

PHARAO, PHITHON, SISSA, POTIPHAR, GENUBAT, PAENEA, JOSEPH. [Pharao]
Pharao.

Holzschnitt: Pharao, im reichen Kostüm eines Sultans, mit dem Scepter, auf dem Thron sitzend, redet die vorgeführten Gebundenen an.

Ir schälck, ich wills bey meiner kron,
An eüch nit vngerochen lon,
860. Das jr eüch habt so seer versündt,
An meinem armen hoffgesindt. [Phiton]

Phiton.

Dein zorn ergrimm, Herr Pharo,
Nit über dein knecht also,
Laß vns Herr finden gnad für dir,
865. Das bitten künig Pharo wir,
Dazů bin ich mir vnbewůßt,
Warumb mein Herr doch mein vergüßt,

Pharao.

Ich bin der sach genůg bericht,
Nit sorg, das dir hie vnrecht gschicht,
870. Ir schergen, greifft sie nur recht an,
Ir dörfft nit vil kramantzes han,
Für mirs ins hauß Potipharis,
Des stocks vnd eißens nit vergiss,
Sparstu nu Sissa ettwas dran,
875. So soll es dir ans leben gahn.

Sissa.

Mein Herr, es soll geschehen frei,
Da ist keyn sorg nach zweifel bei,

3,1 *im Personenverzeichnis fehlt in* S Joseph. 862 S Pharao. 863 S deine. 866 f. S² vnbewißt: vergißt. 867 S¹ vergißt. 871 kramantz: *Possen, Faxen.* 877 AS noch.

Els. Lit. Denkmäler II.

Her her, es sei nutz oder schad,
Bei vns ist freilich wenig gnad. [Poti-]

Potiphar.
880. Wer kompt vns da, was wurt es sein?
Man will sy gfencklich setzen ein.

Genubat.
Es seind fürwar die ich gedenck,
Des Künigs Pfister vnd der Schenck.

Potiphar.
Ja bey dem eyd, stand in ein eck,
885. Biß sy für vberghan hinweck.

Sissa.
Hoscha wo sind jr, hoschaho.

Paenea.
Wer klopfft so hart, sich wer ist do?

Sissa.
Thů auff, ich bin selb vierd gefaßt,
Der beck vnd schenck wölln sein dein gast
890. So denck das du sy habst in hůt,
Es wurt sunst kosten vnser plůt.

Paenea.
Schaw schaw, das ist mir auff mein eyd,
Mein lieben herren, also leyd,
Das es euch kommen ist dazů,
895. Wolan, setzt ewer hertz zů růw, [E Geht]
Ghet hnein, es würt lecht nit so böß,
Komm das ich dir dein band vfflöß,

---

883 Pfister (pistor): *Bäcker*. 885 S¹ vber gehn hinweck S² über gehn hinweg. 886 S seind. 888 O salb. 895 S rhů. 896 A hinein. 897 AS aufflöß.

Joseph du trewer jüngling mein,
Du sollt nun diser pfleger sein,
900. Was yn würt yetz vnd fürter noht,
In summa, thů yn allen roht,
So doch das du seyst eingedenck,
Das ich dich nit gar ledig schenck,
Gang auß vnd ein, wann es dich lust,
905. Das nur pleib vor dem Herrn vertust.

Joseph.

Gott wöll dir auch genedig sein,
Für solche grosse wolthat dein.

Actus Tertij Secunda Scaena.

Potiphar hoffmeister, vnnd Hoffora bottenläuffer
kommen zusammen vor des Künigs hoff, diser mit
seim trabanten, der mit vil Köchen, zeygt
an wie Pharo sein iartag wöll halten,
redt die lesten wort mit ym selb.

POTIPHAR. HOPHORA. [Wo]

Wo kompstu böttlin her so gschwind,
Mit so eim hauffen kochgesind.

Hophora.

910. Geht hnein jr Köch, vnd rüsten zů,
Hie würt sein weder rast noch rhů,
Ich hab sy kaum zů wegen bracht,
Im gantzen land mit aller macht,
Das glaub mir sicher Potiphar,
915. Mit worheyt ich wol das thůn dar,
Ich halt dich aber auff, mein Herr,
Ghe vor, ich gang ernoch so mer,
Noch kan ich das nit vnderlan,
So offt ich nur gedenck daran,

---

905 vertust: *vertuscht.* 3,2 S Hophora, AS letsten. 910 A hinein.
915 S warheyt. 917 S hernach.

920. Das Pharo so ein kostlich mol,
    Seim gantzen hoffgsind pieten woll,
    Was ist nur seitenspils gerüst,
    Der gattung nit zů sagen ist,
    Item, was man soll han zů tisch,
925. Als vôgel, wilpret, fleisch vnd fisch,
    Ein gantzer ochß můß an den spiß,
    Das tranck würt allmen, ist gewiß,
    So stand ich hie vnd schleiff die scher,
    Gleich als nichts drin zůschaffen wer, [Eij Actus]

Actus Tertij Tertia Scaena.

Joseph teüttet den gfangnen yren trawm jm kercker,
Pharo beschicket sy, laßt den schencken wider
ledig an sein ampt, beuilcht den becken
zů hencken.

JOSEPH, PHITON, ON, PHARAO, SISSA, NATH.

930. Ein gůten tag mein lieben frind,
    Wie kompts das jr so trawrig sind,
    Was bkümmert eüch so sere heüt?
    Dann gestern vnd die vorig zeit.

Phiton.

Es hat vns heinacht beyden trâümpt,
935. So hand wir niemant ders uns râümpt,
    Nach seiner deüttung als es ghôrt,
    Derhalb sich vnser trawren mehrt.

Joseph.

Ghôrt nit dem Herren zů die ehr?
Zů deütten träum vnd anders mer, [Erzâlt]

---

920 A mal. 921 S bieten A bietten. 927 *Corruptel? Oder* sein
(vorhanden sein) dgl. zu ergänzen, allmen = albe, alme *allewege?*
Weinhold Alem. Gramm. S. 241. 3, 3 S² gefangnen, S beschickt.
930 A freind S freünd. 933 A *fehlt* die.

940. Erzâlt mirs doch nach ordnung recht,
Wer weyß, was Gott verhengen möcht.

Phiton.

Mich daucht wie ich ein weinstock sech,
Vor meinen augen grün vnd frech,
Mit treien reben, wûchss vnd pliet,
945. Zun reiffen trauben ich mich schmiegt,
Truckt sie in bôcher mit der handt
Gab jn dem Küng, Pharo genant.

Joseph.

Drey reben, teütten vns drei tag,
Dann würt Pharo nach deiner sag,
950. Dein haupt erheben, vnd mit sampt
Dein ehrn, dich setzen an dein ampt,
Das du jm gebst on alle schand,
Den bôcher wie vor, in die hand,
Als du nach warst sein werder schenck,
955. Du aber biß mein eingedenck,
So dirs wol ghet beweiß an mir,
Barmhertzigkeit, trag Pharo für,
Das er mich für auß disem hauß,
Von Cana bin ich ye herauß,
960. Heymlich gestolen vnd doch nie,
Keyn übels than, das ich leig hie, [Eiij On]

On.

Mir gfalt Joseph fürwar zemol,
Dein teüttung, auß der massen wol,
Sich, da mir träumt merck eben ab,
965. Auff meinem haupt ich tragen hab,
Trey gflochten kôrb mit sitten leiß,
Dem Küng Pharo mit bachner speiß,

---

944 A dreien S dreyen, AS plüt. 945 A Zum S Zům. 946 S bâcher (953 becher). 947 AS¹ Künig S² König, AS¹ gnant S² gnannt. 951 A ehern. 954 AS² noch. 961 AS² lig S¹ lyg. 964 A trǎwmmt S¹ treumpt S² trŏumpt (999 traumpt). 966 A gflochten. 967 A Künig S² König.

Vnd sich die vŏgel stürmten her,
Vnd assen auß dem korbe seer.

Joseph.

970. Trey kŏrb, trey tag als wirt dir dan,
Dein haupt Pharo erheben lan,
Vnd dich an galgen hencken zwar,
Dein fleisch die vŏgel fressen gar.

On.

Ghe von vns weg mit deiner sag,
975. Gott straff dich selb mit diser plag.

Pharao.

Mein jartag ist yetz aller ding,
Auffs best, wie sich gezimpt eim Küng,
Nach aller ordnung angericht,
Nun denck ich eins das zimpt sich nicht,
980. Das wir die gfangnen ligen lan,
Auffs fest, vnd die da ămpter han, [Ghe]
Ghe Sissa, bring sy für mich her,
Saumstu dich lang würt dirs zuschwer

Sissa.

Ich will mich Pharo saumen nit,
985. Gsell Nath, du mŭst auch volgen mit,
Du hŏrst wol was der Künig trewt,
So denck nu nicht das er vns brewt,
Wa wir zŭ lang würden auß sein,
Würd er vns gwißlich setzen ein.

Nath.

990. Ich will lieb Sissa, thŭn das best,
Schaw schaw ich sich wol vnßer gest,
Sy lŭgen aus dem kercker raus,
Wie in der vallen thŭt ein maus.

983 S² würts dirs. 987 *dass wir ihm leid thun werden.*

Sissa.

Ein gůten tag jr lieben gselln,
995. Laßt eüch wol vnser zůkunfft gfelln,
Kompt her, yr seit vom Küng besandt,
Saumpt eüch nur nit, kumpt her zchandt.

Phiton.

Nim war, yetz ist der dritte tag,
Da trawmt mir, wie dein red vermag,
1000. Ich würd am dritten tag erlößt,
Vnd sich yetz ist mein trawm emplößt. [Eiiij Nath]

Nath.

Ghet lieben gsellen dapffer her,
Das Pharo nit ergrimm noch mer,
Du weyßt wol Sissa dein bescheid,
1005. Versichstu dschantz, so würt dirs leid,

Sissa.

Frisch her, wir sind da heymen schier,
Lieb Nath, ich weyß wol sein manier.

Phiton.

Ich sich wol lieben schergen yn,
Dort sitzen, auff dem richtstůl syn.

On.

1010. Lieb Phiton, supplicier für mich,
Vor schrecken kan nit reden ich.

Phiton.

O Küng, ich bit vnd das Gott geb,
Das Pharo nu vnd ewig leb.

Pharao.

Sich Phiton du mein trewer schenck,
1015. Deinr sünd ich hinfür nim gedenck.

---
995 R² gfellen. 997 A zůhand. 1002 A Gehet. 1009 S sein.
1012 A Künig S² König. 1015 A·Deiner.

Ghe nein in gleicher würd als vor,
Dein ampt versich mit eeren zwor.

Phiton. [Das]

Das will ich zů verdienen han,
Mit pflichtiger gehorsam schon.

Pharao.

1020. Ir schergen, merckt mit fleiß danebn,
Den becken richt zum tod vom lebn,
So doch, das er am stranck erwürg,
Am galgen faul, da hilfft kein bürg.

On.

O Küng, o Pharo grosser herr,
1025. Ach nein, das wôll Gott nimmermer,
O wee ich mags erleiden nit,
Wa hab ichs doch verschuldet mit?

Pharao.

Ir schergen, yr habt den sententz
Gehôrt, es hilfft kein penitentz.

Actus Tertij Quarta Scaena.

Sissa der scherg, sampt seim gesellen Nath, henckt
den On obersten becken an galgen.

SISSA. ON. [E v Her]

1030. HEr her, hie ist kein ander gnad,
Ghe Nath, rüstu vns zů das bad,
Strick, leyttern, hamer darzů auch,
Was man bedarff zů dem gebrauch,

1016 A Gehe, S¹ hneyn S² hnein. 1017 O eheren S ehren, AS zwar. 1020 f. AS² daneben: leben. 1021 S¹ leben. 1023 S¹ *Druckf.* bôrg. 1024 A Künig S² König. 3, 4 A On *fehlt im Inhalt und Personenverzeichnis.*

So schick dich On mit willen drein,
1035. Es mag ye anders nit gesein,
Zeuch ab den rock, du darffst sein nimm,
Heb auf zům volck lieb beck dein stimm,
Gesegne vor dein gsellen gůt,
So wölln mir dann mit leichten můt,
1040. Auff vnser fart auß disem thall.

On

Seit gsegnet lieben gsellen all.

Sissa.

Das wer ein mann, laß dapffer gon,
So kommen wir dest ee daruon.

Hie mag gesungen, gepfiffen, oder georglet werden.

Actus Tertij Quinta Scaena.

[Pharo]

Pharo erzålt den weißen seinen trawm, den kunten sy nit teütten, gedenckt Phiton Josephs, erinneret yn seiner gnad trewm zů teütten, beschickt yn Pharao dem teüttet er den trawm, darumb hept yn Pharo hoch, macht yn zů eim landtvogt yn Egypten.

HOPHORA, NECHO, PHARAO, NEZAR, POTIPHAR, PHITON, JOSEPH, KAM, ASSES ZAPHNAT, ISAIAS, DANIEL, PAULUS, ZACHARIAS JONAS, CHRISTUS.

Wie hat sichs glück so bald verwent,
1045. Es sind noch kaum zwey jar vollent

1036 S¹ darfft. 1039 AS wir S leichtem. 1041 A gesegnet. 3, 5 S² Pharao, AS² erinnert, S machet. 1045 S¹ zweye.

Da wir so frölich spilten hauß,
Mit harpffen, geygen in dem sauß,
In dem sein jartag thet begohn,
Der Küng, yetz ist es alls gethon,
1050. Yetz ist es als in trawren kert,
Der Küng mit sampt seim gsynd beschwert
Sych Necho kumpt, Pharo trabant
Necho, wa ist der Herr ym land?

Necho.

Sich böttlin bis mir willkomm her,
1055. Wie vil bringstu der zauberer? [Hophora]

Hophora.

So vil ich hab im land vermocht,
Die hab ich alle mit mir brocht,
Sich Pharo kompt, ich bit Gott geb,
Das Pharo nun vnd ewig leb,
1060. Mein herr hat seinen knecht gesand,
Die weißen in dem gantzen land,
Schwartz künstner, Zaubrer vnd Caldeer
Zů holen, sich die bring ich her.

Pharao.

Ir weißen wie yr seit genant,
1065. Secht zů darumb yr seind besant,
Mir trawmt ich stund am wasser her,
Daraus seind siben rinder schwer,
Gestigen fett vnd wolgestalt,
Das gras auff gůter weyd sy halt.
1070. Nach yn sach ich ein ander tracht,
So heschlich dirr vnd gar veracht,
Rauß steigen, alls ich gsehen ye,
Mit wissen in Egypten nie,

1048 A began. 1049 A Künig, alles. 1051 A Künig. 1055 S Wieuil. 1057 AS¹ bracht. 1062 S künstler, Zauberer. 1070 (1129) tracht: *Portion*. 1071 AS heßlich.

Vnd sich die siben magre stück,
1075. Verschluckten in eim augen plück,
Die siben feyßten rinder schwer,
Vnd waren doch gleich wol so leer, [So]
So tinn vnd vngestalt als vor,
Wacht auff, schlieff wider, vnd nim war,
1080. Ich sach auffwachßen voll vnd gût,
Ja siben aher, brocht ein rût,
Darnach sach ich auch siben kleyn,
Dirr, dinn, versignet, fraßen eyn
Die siben vollen aher gût,
1085. So jr mirs nu außlegen thût,
Will ich eüch vnbegabt nit lon,
Das solt jr ynnen werden schon.

Nezar.

Ich bitt o Künig das Gott geb,
Das Pharo nu vnd ewig leb,
1090. Daneben auch on allen zanck,
Vmb des ein kurtzen kleinen bdanck.

Pharao.

Es sey eüch lieben, wol erlaubt,
So doch, das jr mich nit bedaubt.
Was dunckt dich lieber Pottiphar?
1095. Ob sy vns werden sagen war.

Potiphar.

Gott geb meinem Künig langes lebn,
Ich halt sy werdens treffen ebn, [Weil]
Weil es so hochgelerte sind,
Wie hant sy sich bedacht so gschwind,
1100. Nim war, sy kommen wider her,
Ich sorg die sach sey yn zeschwer,

1078 AS dünn. 1081 A åher *(und so immer)*. aher: *Aehre*, rut: *Halm*. AS bracht. 1083 versignet. versinget: versenget *(Weinhold S. 94; 1181 versegnet)*. 1091 A bedanck. bdanck: *Bedenkzeit*. 1093 (1527) betouben: *betäuben, erzürnen, vernichten*. 1094 A leber. 1096 A langs, S leben : eben. 1098 S seind. 1101 A züschwer.

Nezar.

Dein knecht o Pharo wünschen dir,
   Vil freud vnd glück beuelhen wir,
Ich soll meim Herren sagen an,
1105. Sein knecht wölln yn gebetten han,
Mein Herr wöll zů vngnaden nit,
Auffnemen yren willen heüt,
Seit diser handel ist so schwer,
Das vnder vns nit einer wer,
1110. Der meinem Herren deütten künd,
Darumb wir nů berůffen sind,
Nu sprechen wir dein knecht also,
   Es würt yn keiner Pharao
Außlegen, on die Gott allein,
1115. Vnd welchem sy es geben ein,
Darumb ist vnser fleissig bitt,
Mein Herr, laß hin sein knecht vns quit.

Pharao.

Des hab ich warlich sorg gehan,
   Wolan, eüch sey erlaubt hindan, [Nu]
1120. Nu würts geschehen das ich stirb,
Alltag, weil ich nit hülff erwürb.

Phiton.

Meins Herren hertz verzag nu nicht,
Dein hertz las nit von dem gesicht,
Erschrecken, sampt deinr weiß vnd gberd,
1125. Ich denck meinr sünd on all geuerd,
Da mich mein Herr setzt gfencklich ein,
In kercker sampt dem becken sein,
Trawmt vns da beyden einer nacht,
Eim yeden sein besonder tracht,
1130. Des teüttung yeden selb betraff,
Alls wir erwachten aus dem schlaff,

    1111 S seind.   1118 S Das.   1120 f. S² stirb : erwirb.   1122 S² nur.
1125 A meiner.

War da bey vns ou vngefell,
Potiphars knecht ein junger gsell,
Der deüt vns beyde trâwm zehand
1135. Recht, wie sich volgens auch befand,
Denn ich bin wider an dem ampt,
So ist der beck an galgen gstampt.

Pharao.
Eyl Necho, bring yn für vns heer,
Auffs fürderlichst, nit saum dich seer.

Necho.
1140. Ich will mich fleissen Pharao,
Schaw, wie so bald ich sein will do. [.]

Phiton.
Ich denck in meinem hertzen schlechts
Noch Küng, des yetz gemelten knechts,
Da er vns hat die träum getheüt,
1145. Sprach er, ich bitt dich lauter heüt,
So dirs wolgeht, lieb Phiton mein,
Als den wolst mein auch eindenck sein,
Dann ich hab nie kein übels than,
Dazû bin ich aus Canaan,
1150. Heymlich gestoln vnd hergfiert,
Das will ich Küng yetz han taxiert.

Necho.
Lieb Joseph tritt geflissen her,
Das nit verlang mein Herren ser.

Joseph.
Es hat nit not, ich will doch nor,
1155. Mein rock ein wenig wandlen vor,

1134 AS zûhand. 1137 gstampt: *an den Stamm des Galgens geschlagen; oder: gestampft?* 1141 S da. 1147 S dann wôlst. 1150 A gestolen vnd hergefürt, S her gefürt. 1154 A nur.

Pharao.

Sich da er kompt, trit her mein sůn,
Mein sůn, mir ist zů wissen thon,
Du habst zů teütten vil verstandt,
Verborgen schåtz so tråwm genant.

Joseph. [Gott]

1160. Gott würt Pharo meim Herren sich,
Glück sagen lan, auch wol on mich.

Pharao.

Mir trawmt, wie ich am vfer stünd
Beym wasser, darauß gstigen synd,
Ja siben feyßten rinder schwer,
1165. Die giengen an der weyden her,
Dergleichen stigen auch herauß,
Auch siben magre überauß,
Alls ich sy nit gesehen hab,
In gantz Egypten auff vnd ab,
1170. Vnd sich, die siben magre thier,
Verschlungen dsiben feyßten schier,
Noch kund man an yn mercken nit,
Ob sy auch håtten gessen yt,
So vngstalt bliben sie bei jn,
1175. Da wacht ich, vnd schlieff wider hin,
Vnd sich, mich daucht zum andren mol,
Auff wachßen siben aher voll,
Vff einem halmen fett vnd gůt,
Darnach sach ich in meinem můt,
1180. Auffwachßen siben aher dirr,
Dinn vnd versegnet, frassen mir
Die siben vollen aher ein,
Das ist Joseph der trawme mein, [F Hab]
Hab ich den weißen angezeygt,
1185. Des deüttung keiner hat geeigt.

1156 AS¹ son S² Son. 1161 S² lon. 1163 S seind. 1171 S²
feyßte. 1173 yt: *etwas*. 1178 AS Auff. 1181 S Dünn. 1185 A geigt.

Joseph.

Die beyden tråwm seind einerley,
Von Gott, Pharo ein prophecey,
Die siben gûtten rinder zwar,
Seind siben gûtte volle jar,
1190. Dergleich die siben aher gût,
Ist ein ding, mercken was Gott thût,
Die siben rinder vngestalt,
Die dirren aher in sich halt,
Ein grosse theürung Gottes rût,
1195. Der Pharo zeyget was er thût,
Sich, siben jar mit grosser vólln,
In gantz Egypten kommen sólln,
Darnach die andren siben jar,
Mit solcher thewrung, das man gar,
1200. Vergessen würt der vollen zeit,
So gar verzert sich land vnd leüt,
Das aber Pharo zweimol hat,
Getrawmt, beteüt Gots schnellen rhat,
Nun seh sich Pharo fleissig vmb,
1205. Das er ein weißen mann bekumb,
Vnd setz yn ob Egypten land, [Das]
Das er amptleüt ordne zû hand,
Vnd nem im land den fünfften ein,
Die reichen jar, vnd samle fein,
1210. All kasten voll, in Pharo gwalt,
Das mans zur narung hinderhalt,
Zur zeit der künfftgen hungers not,
Das nit das land sterb hungers todt,
So hat mein Herr gewißlich war,
1215. Seins trawms außlegung gantz vnd gar

Pharao
Wie möchten wir ein solchen mann,
(Mein werder diener) kommen an,

1187 S² Pharao. 1188 S² gûter. 1191 S² merck. 1198 S² andern.
1202 A zweimal S zwey mal. 1204 S sech. 1212 AS² künfftigen. 1216
A möcht.

In dem da seie Gottes geyst,
Vnd der das gheimnuß Gottes weyßt.

Phiton.

1220. Die red gefalt vns alln zemol,
O grosser Pharo, sere wol.

Pharao.

Weil dich Joseph, mein lieber son,
Gott solchs hat wôllen wissen lon,
Ist keiner so verstendig nit,
1225. Als du, so weiß vnd klůg damit,
Du solt sein ob mein gantzes hauß,
Nach deinem wort soll sich dorauß, [Fij Mein]
Mein volck ernehren all gemein,
Des küniglichen stůls allein.
1230. Will ich mer sein den du mein son,
Nim war, ich hab dich gsetzet schon,
Regenten ob Egypten land,
Nim hin den ring aus meiner hand,
An deinem finger solt yn han
1235. Vnd leg die weisse schauben an,
Seh da die ketten an dein hals,
Würst auff dem andren wagen als,
Ein oberster nach mir gefůrt,
Ramasses, hôr was dir gebürt,
1240. Blaß auff dein horn mit lautem schall,
Verkünd sein macht, růff überal,
Das man für Joseph bieg die kney,
Mit auffgesetzter peen dabey.

Ramasses.

Hôrt zů, mein Herr herr Pharao,
1245. Gebeüttet hie vnd anderswo,
Das man für Joseph bieg die kney,
Mit grosser reuerentz dabey.

1220 A alln, AS¹ zůmal S² zů mol. 1227 AS darauß. 1230 S² dann. 1235 schaube: *Ueberkleid.* 1240 S¹ vff. 1243 peen (poena): *Strafe.*

Als den er hab mit grossem pracht,
Ein landuogt in Egypten gmacht. [Darnach]
1250. Darnach sich menigklich yetzt zemol,
Auffs best zů halten wissen soll.

Pharao.

Sich Joseph, ich bin Pharao,
On deinen willen solte do,
Kein mensch in gantz Egypten land,
1255. Sein fůß nit regen oder hand,
Noch dencken wider dich zuthun,
Solt auff Egyptisch heyssen nun
Zaphnat Paenea, mit nammn,
Darzů will ich dir auß dem stammn
1260. Zů On des priesters, geben ein weib,
Assnath, geborn von seinem leib.

Zaphnat.

Das will ich Herr nit vnderlan,
Mit willen zů verdienen han,
Doch seit ich bin darzů erkorn,
1265. Von dir, o Künig hochgeborn,
Nach deinem traum zum gmelten ampt,
Bitt ich vmb vrlaub vnuerschampt,
Mein thürer Küng, o Pharao,
Gib zů, das ich mich rüst also,
1270. Zů bschen gantz Egypten land,
Vnd wie es mit getreyde stand. [Fiij Pha-]

Pharao.

Mit willen Zaphnat one zorn,
Sag vor wie alt du seist geborn.

Zaphnat.

Ich hab auff mir Pharo für war,
1275. Wie ich hie stand, schon dreissig jar.

1250 S mengklich. 1253 A Odeinen. 1258 A Zaphant Paena, S² nammen: stammen. *Nach* 1261 A Zephnat. 1268 AS² theürer, A Künig S² König. 1274 S Pharao.

Pharao.

Wolan, traut lieber Zaphnat mein.
Wir wöllen mit einander nhein.

Jesaias.

Wer kan des Herren weißen rhat,
Verschweigen, der ym offen stat?
1280. Er sprach zů seim heyligen Christ,
Dem ich sein rechte hand erwischst,
Da mit ich jm gehorsam mächt,
Die Küng vnd das Heydisch geschlecht,
Ich will in summa mit dir sein,
1285. Heymliche schätz dir geben ein,
Sampt dem verborgnen kleinod hel,
Das du den Gott kenst Israel,
Am fünff vnd viertzigisten sůch.
Isias ist genent das bůch.

Daniel. [Gott]

1290. Gott wolt vns zeygen klar vnd pur,
Sein Christ nachm geyst in der figur,
Wie auch durch mich im Daniel,
Am andern bschriben one fel.

Paulus.

Du můst Herr Christ also erston,
1295. Nach dem dein leib begraben fron,
Laut aller schrifft vnd Prophecei,
Darauff ich gründt mein predig frei,
Der ersten zun Corinthern klar.
Vnd zů den Colossensern zwar,
1300. Des wollt ich mich berůffen han,
Auff Zachari den frommen man.

Zacharias.

Das gstünd ich brůder Paule dir,
Mit meinem bůch da halff neit für,

Nach 1277 A Isaias. 1279 A jn. 1281 S² erwischt. 1283 AS² Künig, A gschlecht. 1288 AS² viertzigsten. 1289 AS Isaias. 1295 fron: *heilig.* 1297 AS darauff.

Nach dem ich werd vom tod ersthon,
1305. Als denn will ich eüch vore ghon,
In Galilea mercken frey,
Am dreitzehenden Zachary.

Jonas.

Der Herr wolts auch an mir nit sparn,
Da ich bin in den fisch gefarn, [Fiiij In]
1310. In dem ich sass drei tag vnd nacht,
Spewt er mich auß auffs land mit macht.

Christus.

In O und A die zu 1, 1 beschriebenen Holzschnitte.

Du hast es Jona wol gedeut,
Ich hab auch daß bericht die leüt, [Am]
Am zwölfften, wie Mattheus zeügt,
1315. Durch Gottes geyst, der nimmer leügt.

Hie mag gesungen werden das nachgeschribne 1.
Christ ist erstanden, in der weiß vnd Melo-
dei, In dulci Jubilo ꝛc.

CHrist ist erstanden schon, todts band tregt er dar-
uon, bringt das ewig leben, setzt vns ins himmels 5.
thron, sein geyst will er vns geben, das wir in warheyt
bsthon, tregt des himmels kron, tregt des himmels kron.
Er ist das ewig brot, vnd nehrt vns in der noth, das
wir nit verderben, nit sterben hungers todt, thet narung
erwerben, mit seim blůt so roth, sei gelobet Gott, sei ge- 10.
lobet Gott.

Actus Quarti Prima Scaena.

Jacob schicket seine sůn in Egypten vmb frucht,
behält dieweil Beniamin daheym.

1305 S² dann. 1313 A baß S des. (1) S¹ nach geschriben S²
nachgeschreiben. (3) OA dulce.

JACOB. RUBEN.

Sich da, mein sůn sthon da beieyn,
    Frid sei eüch lieben sůn gemeyn, [Fv Was]
Was secht jr zů der tewren zeit?
    Nempt war, der Gott der herlichkeit,
1320. Hat seinem volck behalten vor,
    Sein narung in Egypten zwar,
Da ist vil frücht on alles nein,
    Ziecht auch hinab vnd taufft vns ein,
Das wir nit Gott versůchen schwer,
1325. Der vns hilfft auß des hungers gfer.

Ruben.

Sich vatter lieber vatter mein,
    Du sichst die grosse hungers pein,
Ists nu dein will, seind wir bereyt,
    Hinab zů reyßen vmb getreyt,
1330. Solln wir nu mit einander hin?
    Lieb vatter, sampt Beniamin?

Jacob.

Beniamin soll hin mit nicht,
    Josephen brůdern, das jm ycht,
Args auff der reyß nit widerfar,
·1335. Ir zehen aber ziehen dar.

Ruben.

So kompt her lieben brůder mein,
    Laßt gürten vnser Eselein,
Vnd laßt vns rüsten vnser seck,
    Damit wir kommen ehe hinweck. [ ]

Jacob.

1340. Lůgt das jr auch mit nemmen gelt,
    On welchs jr neit seit bey der welt.

1316 AS bey ein. 1328 S² Ist. 1332 S² solt. 1333 ycht: *etwas*.
1337 S² Eselin. 1339 S ch. 1340 A *fehlt* mit.

Ruben.

Ade, nu spar dich Gott gesundt.

Jacob.

Frid sey eüch nu vnd alle stundt.

Actus Quarti Secunda Scaena.

Jacob zeygt in dieser Scaenen, wie ym die zwŏlff sůn geboren seien, vnd welcher gestalt Joseph vnd Beniamin ym die liebsten warn.

BENIAMIN. JACOB.

MEin vatter sich, mein brůder all,
1345. Mit freüden reyßen hin gehn tal,
Vnd ich allein mit langer wil,
Soll bleiben hie beschwert mich vil

Jacob.   [Dich]
Dich soll nit bschweren lieber sůn,
Was mir gefalt, so merck mich nůn,
1350. Dein můtter hat mit grosser pein,
Dich vnd Joseph den brůder dein,
In meinem alter mir geborn,
Darumb ich eüch hat vßerkorn,
So sagt man deinen brůder todt,
1355. Für dich hab ich nu sorg vnd not.

Beniamin.
Nit zürn traut lieber vatter mein,
Wie solln dan die mein brůder sein?

Jacob.
Ich wont zMesopotamiam
Allda ich mein beyd weiber nam,

Vor 1342 O Kuben. 1343 S² nun euch. 4, 2 S waren. 1346 S² weil. 1348 S² Son. 1353 OS¹ Harumb A Herumb AS² außerkorn. 1355 A trag. 1358 OA zMesopotaniam.

1360. Die erst Lea, sechs sůn gebar,
　　　　Den Ruben, Leui, Isaschar,
　　　　Auch Judam, vnd den Sebulon,
　　　　Der sechste heyßet Simeon,
　　　　Ir magt Sylpa geboren hat,
1365.　Noch zwen den Asser vnd den Gad,
　　　　Die andern zwen seind Bescha sůn,
　　　　Dan, Neptali, wie wol ich bin,
　　　　Der vatter ewer all gemein,
　　　　Soln all mein sůn genennet sein, [Dem]
1370.　Dem vnser Gott herr Sebaot,
　　　　Das glopte land verheyssen hat,
　　　　Als er mir auff der reiß erschien,
　　　　Von gmelter lantschafft wider hien,
　　　　Gesegnet mich vnd sprach zů mir,
1375.　Israel heystu nun hinfür,
　　　　Dein same mehr sich ewigklich,
　　　　Vil völcker will ich machen dich,
　　　　Es soln auch Künig auß dir gon,
　　　　Das glopte land das soltu han,
1380.　Dazů dein reicher samm nach dir,
　　　　Hiemit schied da der Herr von mir,
　　　　Dem wollen wir mit hertzen reyn,
　　　　Stet ewig dienen nur alleyn,
　　　　So laß vns wider einer gon,
1385.　Beniamin mein gelieber sůn.

　　　　　　　Beniamin.
　　Ghe vatter vor, so will ich doch,
　　Gemehelichen ghon ernach.

　　　1361 O Kuben. 1371 AS globte. 1372 A erschin:hin. 1380
A Darzů. 1384 AS einher. 1385 AS geliebter, S² Son. *Hier ist Be-
niamin dreisilbig zu lesen, oder* glicber. 1387 OA gehmehelichen S¹
gemechelichen S² gemechlichen, A hernach.

Actus Quarti Tertia Scaena. [Die]

Die zehen brůder flehen für dem Joseph yrem brůder
(den sie doch nit kandten wiewol er sie erkant hat) vmb
frucht, Joseph stelt sich frembd gegen yhn durch seinen
Dolmetschen, handlet sie übel, bindet zů letst den Sime-
on yren brůder pfandtsweiß bei ym zůbehalten,
biß sie Beniamin den jüngern auch bring-
en, befilcht daneben yn yre Esel mit
frucht zuladen.

RUBEN, TACHPENES, SEBULON, JUDA.

MEin thewrer Herr, wir deine knecht,
    Vil frid vnd freüd meim herren sprecht,
1390. Mit sampt erbietung vnsers gruß,
    Vmbsuchent gůtts, fallent zůfůß,
Meim herrn dem Landtuogt hie zů land,
Mit ernster bitt, seinr gnad beistand.

Tachpenes.

Ir männer mein, was ist der merr,
1395.   Was wolt yr, vnd wa kumpt yr her?

Ruben.

Vns deine knecht treibt hungers bandt,
    Von Canaan herauß dem landt,
Bist du nu zů verkauffen Herr,
    So bitten wir, vns auch gewer,   [Gib]

---

*Holzschnitt: links vor der Pforte Tachpenes, die Hand
gebieterisch bewegend, hinter ihm Joseph im Hause, draussen
knien die Brüder, rechts vorn beugt sich Ruben tief; im
Hintergrund Bäume, beladene Maulthiere.*

1400. Gib vns ein wenig frucht vmbs gelt,
    Das wir dem hunger obgemelt,
Entziehen vns vnd vnser kind,
    Sampt andrem armen haußgesind,

4, 3 S² für Joseph. S handelt, S¹ fruchte; O Kuben. 1392 A
herren. 1393 S² seiner. 1397 AS her auß.

Tachpenes.

Ich bin keyn herr, bin nur ein knecht,
1405. Meins herren dolmetsch, den yr secht,
An meiner grechten oben sthan,
   Dem seind im land all vnderthan, [ ]
Reich, arm, gewaltig, groß vnd klein,
   Er ist im land Regent allein,
1410. Der spricht durch mich dolmetschers gstalt
   Ir seit verråtter als er halt,
Seit kommen mit betriegerei,
   Zů bsehen wa sland offen sei.

Ruben.

O nein, mein Herr, dein knecht seind fromb
1415. Seind kommen nur allein darumb,
Zů kauffen speiß wie oberzalt,
   All eins manns sůn, da für vns halt,
Da zů seind wir die knechte dein,
   Mein tag doch nie kuntschaffter gsein.

Tachpenes.

1420. Nein, sonder yr seit kommen her,
   Zů bsehen wa sland offen wer.

Sebulon.

Wir sind zwôlff brůder merck mich recht,
   Hand einen vatter fromm vnd grecht,
Zů Canaan, der hat bey jm,
1425. Den jüngsten Sůn mich recht vernimm,
   Sich da mein Herr, der ist der ôlfft,
Verloren aber ist der zwôlfft. [Tach-]

Tachpenes.

So spricht mein Herr, merck eben ab,
   Das ists das ich gesaget hab,

1406 A gerechten. 1413 S² besehen, OS¹ dland *(aber 1421 sland)*,
A das land. 1414 S frumb. 1420 S² seind (1422). 1423 A gerecht.

1430. Verråtter seyt jr all gemein,
Daran will euch prüfen fein
Dan bey Pharonis leben schon,
Sollt jr nit kommen hie daruon,
Es komm dann ewer brůder her,
1435. Der jüngst, schickt einen on geuer,
Der jn hol, jr sollt aber sein
Gefangen, also will ich fein,
Erkunden ewer gmeine red,
Ob jr mit der warheyt vmbghet,
1440. Wa nit, so seit jr aller dings
Verråtter, bey dem leben sKüngs,
Doch spricht mein Herr er fůrchte Gott,
Wa jr seit redlich mit der that,
So thůt (wolt jr recht lebn) also,
1445. Laßt ewer einen binden do,
Ir aber fůrt zchaus die speiß,
Vnd bringt den jüngsten her mit fleiß,
So will ich euch dan glauben gebn,
Das jr nit sterbt vnd bleibet lebn.

Juda.   [G Wir]
1450. Wir hant an vnßrem brůder das
Verschuldigt, da wir jn aus haß,
Nit hören wollten in der not,
Da er vns flecht, drumb gibt vns Gott,
In dise angst vnd grosse gfar.

Ruben.
1455. Sagt ichs euch nit jr brůder zwar?
Da ich sprach, nit versündigt euch,
Da wolt jr all nit hören gleich,
Nu wirt seins blůts schuldige rach,
Gefordert hie, mit vngemach.

1441 A lebens Küngs S¹ sKünigs. 1444 S leben. 1446 A zůhauß
S zů hauß. 1448 S den, geben: 1449 leben. 1450 AS² vnserm. 1455
S¹ brüdr *gesperrt*. 1457 O *Druckf.* gleůch.

Tachpenes.

1460. Ghet jr dem Herren nach hinein,
Zů laden ewer Eselein,
So kompt jr wider auff die fart,
Dich můß ich aber binden hart,
Trit her zů mir, beüdt mir dein hånd,
1465. Komm her, wir wollen an ein end,
In meines Herren hauß hinein,
Biß wider komn die brůder dein.

Actus Quarti Quarta Scaena.

[Jacob]

Jacob verlangt nach seinen sůnen, tröstet sich doch
durch seinen glauben an die verheissung des Her
ren, Juda zeygt sein brůdern an, wie er sein
gelt oben im sack hab funden.

JACOB. JUDA. RUBEN.

MIch wundert ser vnd ist mir bang,
Das meine sůn seind also lang,
1470. Ich weis nit obs jn wol ergoht,
Doch ist mein schutz Herr Sebaott,
Du bist mein zůflucht vnd mein schilt,
Der du mich fort erhalten wilt,
Warumb solt mir dan grawen ser?
1475. In diser ringen hungers gfer,
Ja wann schon auch die erden rund,
Zerschültzt, das pürg sich stürtzen gund
Hin in der tieffen hellen flůt,
Vnd auff das aller grewlichst thůt,
1480. So ist dein hilff doch auff der ban,
Dadurch dein volck würt rettung han,
Du selb bist dise schilt vnd macht,
Vor aller welt schöpffung betracht.

1467 S² kommn. 1471 S² schutzherr. 1476 S² auch schon. 1477
S² zerschültz. zerschültzt *von* zerschelzen (*Lexer* verschelzen): *zer-
schellen.* Vgl. si fractus illabatur orbis. 1480 S² *fehlt* doch. 1482 S
selbst, vnser schilt.

Juda.

Es soll euch lieben brůder mein,
1485. Was mir bgegt nit verschwigen sein, [Gij Als]
Alls wir nåcht in der herberg warn,
Vnd ich mein fůter nit wolt sparn,
Thet auff mein sack, so war ich leb,
Das ich meim Esel fůter geb,
1490. So find ich fein in meinem sack,
Das geltlin oben in dem pack,
Wie ichs mit mir hinab gefůrt,
Noch fein vnd weydlich vnberiert.

Ruben

Was sagstu da, das ist nit gůt,
1495. Das nimpt mir allerst freyd vnd můt,
Schaw vnser vatter kompt daher,
Ach das nur das nit gschehen wer.

Actus Quarti Quinta Scaena.

Jacob empfacht sein sůn, Ruben zeigt ym an wie es
gangen sey, Juda sagt, ein yeder hab sein gelt wi-
der mit bracht, derhalben Jacob sich hefft-
tig bekümmert vnd fast weynet.

JACOB. RUBEN. JUDA. [Seit]

SEit mirs wilkommen lieben kind.

Ruben.
Dir vatter danckt dein arm gesind.

Jacob.
1500. Wie ist es gangen auff der fart?

1485 S² begegt. 1486 nåcht: *vergangene Nacht.* 1493 S vnberürt.
4, 5 S es jn gangen. *Vor* 1499 O Ruben. 1500 S¹ ists.

Ruben.

O vatter leyder gar zů hart.
Ir brůder ziehen jr hinein,
Entladen ewer Eselein,
Vnd leren auch behend die såck,
1505. Die weil vnd ich die sach endeck,
Der mann der in dem land ein Herr,
Schalt vns verråter alle seer,
Alls wir mit antwort sprachen nein,
Wir seind kuntschaffter nie gesein,
1510. Zwölff brůder vnsers vatters sůn,
Der ein ist leyder schon dahin,
So ist der jüngst noch heüt bei tag.
Bei seinem vatter, wie ich sag,
Sprach er, da will ich mercken bei,
1515. Ob es nit sei verråtterei,
Laßt ewrer brůder einen hie,
Ir aber, můßt von dannen ye, [Giij Vnd]
Vnd bringt mir ewer jüngsten her,
Das ich erfar die rechte mehr,
1520. So will ich ewern brůder dann,
Eüch geben vnd bewerben lan.

Juda.

Nim war wir haben außgeschüt,
Die såck, vnd finden all damit,
Sein gelt ein yeder in seim sack,
1525. Des ich von hertzen ser erschrack.

Jacob.

Ir habt mich meiner kind beraubt,
Mich armen alten seer betaubt,
Joseph der ist vorhanden nim,
Simeon ligt (als ich vernimm)
1530. In harter gfängknuß, tödtlich inn,
So wolt jr auch Beniamin,

1503 S² Eselin. 1516 S ewer. 1520 A ewren. 1521 A beweren.
1529 S¹ *die Zeile nicht eingerückt*, S² *die Klammer vor* ligt.

Hin von mir fůren ellendklich,
Ach Gott, es geht als über mich.

Ruben.
Wann ich dir jn nit wider bring,
1535. So würg mein zwen sůn aller ding.
Gib jn mir vatter in mein hand,
Ich willn dir wider bringen zland, [Jacob]

Jacob.
Mein sůn soll nit mit eüch hinab,
Sein brůder ligt ye inn dem grab,
1540. Er ist alleyn der überbleib,
Wann jm nu ettwas an dem leib,
Vnfälligs, auff dem weg begeigt,
(Dem ich bin so von hertzen geneygt)
So trüben jr mein grawe haar,
1545. Mit schmertzen, in der hellen gfar.

Ruben.
Wollan, mein vatter hört mich nit,
Es ist vmb sunst mein sorg vnd bit,
Will recht des orts zů friden sthon,
Zů meinen brůdern hinein gohn.

Hie mag gesungen werden diß nachfol- 1.
gend beschriben Vatter vnser. In dem
thon, Mag ich vnglück nit wider
ston, můß vngnad han ꝛc.

HErr vnser vatter der du bist, zů aller frist, hoch in 5.
des himmels throne. Erhör dein kind, gib das vns
brist, wie Jesus Christ, vns hat gelernt dein sůne. Dein

1532 A ellendigklich. 1537 A zůland. 1543 OAS Dann. *Die
Emendation* Dem *scheint mir der matten Erklärung „denn das ist
meine Ansicht, Befürchtung" vorzuziehen.* A gnaigt S¹ gneigt S²
gneygt. 1544 S treiben. (6) S was. (7) A glernet S gelert, S² Sone.

heyliger namm, werd lobesan, zů kumm dein Reich, vns al-
len gleich, dein will gschech allzeit frone. [Giiij Gib]
    Gib vns heüt vnser täglich brot, in hungers noth   10.
        wôlst vnser seelen weyden.
  Vergib vns Herr auch vnser schuldt, wie mir mit
      huldt, das wir von dir nit scheyden.
  Nit wôlst vns Herr, versůchen schwer, vom übel
bitt, vns machen quitt, laß vns dein wort nit leyden. 15.

Actus Quinti Prima Scaena.

*Jacob schickt zum andern mal seine sůn mit sampt
Beniamin in Egypten, befilcht geschenck für
Joseph zubringen.*

JACOB. JUDA. RUBEN.

1550. SIch da, wir hand vns gar verzehrt
      Beyd, säck vnd auch die kasten glert,
    So ziehen wider lieben sůn
      Vmb frucht, dort in Egypten hin.

          Juda.
    Der mann im land, lieb vatter mein,
1555. Band vns so hart mit worten ein, [Der]
    Der nechsten reyß vns trâwet schwer,
      Sein angsicht soltn wir nimmermer
    Anschawen, es kåm dann herab,
      Der brůder, vnser jüngster knab,
1560. Ists nu, das du jn mit vns sendst,
      So ziehen wir, wa nit, so wendst,
    Das wir nit tretten für den mann,
      Der vns so hart ließ sagen an,
    Wir solten für die augen sein,
1565. Nim kummen on Beniamin,

---

  (9) A gescheh. (12) AS² wir. (14) S² von (S¹ vō). 5, 1 S²
Actus Primi Scena V. 1557 A solten.

Jacob.

Warumb habt jr so übel than?
Das jr jm ye gesaget han,
Wie jr noch hapt ein brůder jung,
Nu bringt jr mich in peinigung.

Ruben.

1570. Der mann forscht vatter so genaw,
Nach vnserm gschlecht, bey meiner traw
Das nit mocht ja verschwigen sein,
Kam hrumb, mit solchen worten fein,
Lebt ewer vatter? habt jr doch,
1575. Auch yetzund einen brůder noch, [G v Da]
Da sagten wir jm wie er fragt,
Vnwissend, das er sollt gesagt
Han, oder vns getrewt vorab,
Zů bringen jn mit vns hinab.

Juda.

1580. Ich bit dich hertzger vatter mein,
Vertraw den knaben mir allein,
Das wir vns machen auff die fart,
Dadurch das leben werd bewart,
Beyd vns, vnd vnsern kindlin klein,
1585. So will ich für jn bürge sein,
Heysch jn von mir mit dem geding,
Wann ich jn dir nit wider bring,
Vnd stell für deine augen dar,
Will ich die schuld alleinig gar,
1590. Hintragen all mein lebenlang,
Dann wa wir hetten nit mit zwang,
So lang verzogen weren wir,
Wol zweimol wider kommen schier.

Jacob.

Ey můß es dann ja also sein,
1595. So thůts, vnd nempt mit eüch wol fein,

1571 *in S¹ nicht eingerückt*, A vnseren. 1572 S² nicht. 1578 A getrewet. 1593 A zweimal S² zwey mal.

Der besten frucht in ewer såck.
Vnd bringt dem mann geschenck, seind keck,
[Nempt]
Nempt Balsam, Mirren, hong vnd wurtz
Nempt dattlen, mandlen, machets kurtz
1600. Nempt gelt zům andren, das zuuor,
In ewren secken oben war,
Villeicht ist da ein irthumb gschehn,
Als jr wol werden lechters sehn,
Dazů nempt ewern brůder mit,
1605. Tret für den mann vnd saumpt eüch nit,
Der ewig allmechtige Gott,
Geb cüch barmhertzigkeit, genod,
Das eüch der mann geb wider loß,
Den andern brůder mit genoß,
1610. Vnd auch damit Beniamin,
Ich aber gar verlassen bin,
Můß sein wie der zů aller frist,
Der seiner kind beraubet ist.

Actus Quinti Secunda Scaena.
TACHPENES. ZAPHNAT. RU-
BEN. JUDA.
[Dach-]

Dachphenes Dolmetsch zeygt die grosse hungers
noth an in Egypten, wie die Histori etlicher mass wei
set, in des sihet Zaphnat, das ist Joseph, seine brůder
von ferrem, heyßt sie heym zů gast einfůren, geht
er hie zwischen zů hoff, keret doch bald wider
zů hauß, emphahet das geschenck.

MEin Herr, das volck beklagt sich seer,
1615. Hab nit das es sich fürthin neehr,
Ob du sie dan wolst sterben lan,
Darumb das sie keyn gelt mehr han.

1598 S honig. 1599 A machts. 1601 S ewern. 1604 A ewren.
5, 1 S *hat die gewöhnliche Ordnung von Inhalt und Personen.
Die nachlässige Schreibung* Dachphenes *nur in* O.

Zaphnat.

Dieweil sie seind on gelt, so sprich,
Das sie mir bringen her jr vich,
1620. So will ich sie nit sterben lan,
Dieweil ich korn im kasten han.

Tachpenes.

Ir ettlich han kein vich noch gelt,

Zaphnat.

Den will ich geben auff jr feld.

Tachpenes.

Vnd wann sie nu han als verthon,
1625. Beyd, vich vnd feld, des gelts seind on,
Wie will mein Herr sie nehren dann? [Zaph]

Zaphnat.

So nimm ich sie zů knechten an,
An Pharo dienst, mit leib vnd gůt,
Schaw lieber, wer dort kummen thůt,
1630. Es seind die mann auß Chanaan,
Irn jüngsten brůder sich ich schon,
Fůr mir sie Tachphenes zů hauß,
Richt zů auffs best gantz überauß,
Sie solln den ymmbiß bei mir han,

Tachpenes.

1635. Mein Herr, ich wils versehen gan.
Her her, jr männer kumpt mit mir,
In meines Herren hauß herfür.

Ruben.

Vil freüd geb dir Gott lieber Herr,
Dein knecht erscheinen wider her.
1640. Das würt es lieben brůder sein,
Darumb wir werden gfürt hierein,

1630 S Canaan. 1632 S Tachpenes. 1641 A gfürt.

Vmbs gelt das wir gefunden hant,
In vnsern secken eüch bekant,
Das er vns hie der that bewiß,
1645. Sein vrtheyl fell auff vns gar leiß, [Ja]
Ja das er vns zů knechten mach,
Laßt vns am mann erfaren dsach.
Mein Herr, wir zogen vor herab,
Das wir dir narung kaufften ab,
1650. Als wir ind herberg kamen nun,
Vnd wolten vnser säck auff thůn,
Da war eins jeden gelt im sack,
Mit vollem gwicht in seinem pack,
Das hant wir wider mit vns bracht,
1655. Auch ander gelt zůsamen gmacht,
Zů kauffen speiß, vnwissend noch,
Wer vns das hab drein gstecket doch.

Tachpenes.

Gehapt eüch wol es hat kein not,
Der Herre ewer vátter Gott,
1660. Hat eüch ein schatz leicht zůgestelt,
Mir ist ye worden ewer gelt,
Halt still, ich will herausser lan,
Trit zů vns ausser Simeon.

Juda.

Mein Herr, hand wir genad vor dir,
1665. So ledig vnsern brůder mir.

Ruben.

Laßt vns bereyten das geschenck,
Biß sich der Landuockt heyme lenck. [Zaph]

Zaphnat.

Nach dem vnd ich nach meinem staht,
Pharonis gschefft verwaltet hat,

1644 S bewiß. 1650 AS² in dherberg. 1653 S² vollm. 1662 S lon.

1670. Will ich mich fůgen heym zuhauß,
　　　　Vnd schawen das man leb im sauß,
　　　　Weil ich bey mir beschlossen hab,
　　　　Mich meinen brůdern heüt vorab,
　　　　Gen zů erkennen offentlich,
1675. 　Dann sy todt meinen lengest mich.

Ruben.

　　　　Dis ist der mann der da her kompt,
　　　　Secht wie er mit jm selber brompt,
　　　　Vor schrecken klopffet mir mein hertz,
　　　　Nempt jr das gschenck vnd ghet herwertz
1680. Mein Herr, dein gunst nit von vns wenck,
　　　　Verschmach nit deiner knecht geschenck
　　　　Es seind der frücht auß vnsrem land,
　　　　Meim Herren frembd vnd vnbekant.

Zaphnat.

　　　　Stodt auff mein sůn, vnd seit gegrůßt,
1685. 　Zů ymbiß mit mir essen můßt,
　　　　Wie ghet es ewrem vatter doch?
　　　　Was thůt er, vnd wie lebt er noch?

Ruben. 　　　　　　　　　　　[Es]

Derselbe Holzschnitt wie in 4, 3.

　　　　Es geht deim knecht meim vatter wol,
　　　　Nit weiß ich anders yetzt zumal,
1690. Wiewol er alt vnd sere schwach,
　　　　Lebt doch in sollchem vngemach.

Zaphnat.

　　　　Ist diß der jüngste brůder dein,
　　　　Des jr bei mir seit eindenck gsein,
　　　　Gott sei dir gnådig du mein son,
1695. 　Geht flucks mit nander einhin schon, [Heu]

　　1675 S² langest. 1682 AS vnserm. 1684 A stadt S² staht. 1685
A *fehlt* mit.

Heu heu, mir brennt meins hertzen grund,
Ah das ich mich erhalten kund,
Heyß Tachpenes aufflegen brot,
Auch das man anricht andren rot.

Actus Quinti Tertia Scaena.

Joseph Zaphnat genant, halt sein brûder zů gast,
heyßt jre Eselein laden mit frucht, yedes gelt oben in sein
sack zethůn, dem iüngsten sein silbern båcher, mit
dem gelt, das man yn nach eyl vnd den gestolen
båcher von ym forder, Keren die brûder all
vmb mit grosser forcht für Joseph, Jo-
seph gibt sich ynen zů erkennen mit
vil weynen vnd grossem zittern.

ZAPHNAT, TACHPENES, SIMEON, RU-
BEN, JUDA, PETRUS, BENIAMIN.

1700. SEtz Tachpenes die gåst zů tisch,
    Sy sein vil scheiher dann ein fisch,

          Tachpenes.   [H Wolan]
Wolan jr månner secht ich kum,
Her her vnd sitzen all herumb,
Beniamin zum höchsten an,
1705. Soll Ruben zur gerechten han,
Zůr lincken Juda vnd Leui,
Sitz du herüber Neptali,
Gad, Asser, hab zůr lincken hand,
Dan, Isaschar, sitzt an die want,
1710. Hieunden sitzt wol Simeon,
Mit seinem brůder Sebulon,
Nun bringt dem Herren sonderlich,
Das essen, vnd des selben glich,
Denn Egypten besonders auch,
1715. Sie türffen ye nach vnßrem brauch,

1697 S Ach. 1699 rot: *Vorrath.* 5, 3 S Eselin. 1702 A komb.
1712 S den. 1713 S gleich. 1714 S den. 1715 S dörffen, AS vnserm.

Nit mit den Juden essen brott,
Sennacherib, thů du jn roth
Deßgleichen du Senabellat,
Sich fleyßig auff nach deinen staat,
1720. Mit schencken ob dem essen ein,
Des jüngsten soltu eindenck sein,
Dem soll man fünffmal geben mer
Dann seinen brůdern, will der Herr,
Da kumpt das essen, mercken drauff,
1725. Ir gåst, nu reißt den kappen auff. [Zaph]

Zaphnat.

Merck Tachphenes darauff mit fleiß,
Wann zeit erfordert ander speiß.

Tachpenes.

Sennacherib, bring ettwas mehn,
Was solln die platten ler hie stehn?
1730. Da fallen ein vnd brennt euch nit,
In dpratne ganß, wie hie ist sitt.
Ir månner, seit nit also stumb,
Laßt ettwann gohn den bâcher vmb.

Simeon.

Wir kündens nit mit follen halß,
1735. Ein yeder wolts gern essen als.

Tachpenes.

Ir månner, habt jr nichtzet mer?
Ghe hin, bring vns den keß auch her.

Zaphnat.

Weyßt Tachpen, was du hast zuthun,
Die gåst die haben gessen schon,

1719 AS deinem. 1725 kappe: *Kapaun (oder besser, zusammenhängend mit* kapfen *in der ursprünglichen Bedeutung* hiare, *ein burlesker Ausdruck für: Mund?* kappe *f.: Kopf).* 1726 AS Tachpenes. 1728 S² bring her ettwas mehr. 1731 S² Ind pratne, OAS¹ dpratte. 1734 S vollem. 1738 S zethůn.

1740. Weil wir noch sitzen an dem tisch,
So lauff bald auß, still wie ein fisch. [Hij Vnd]
Vnd fül den mânnern sondrem fleiß,
Ir sâck mit treyd vnd sollcher speiß,
So vil sy fûren môgen gmein,
1745. Thû jedem wider oben drein,
Sein gelt, mein silbern bâcher stôck,
Dem jüngsten oben in sein sâck.
Sitzt still jr gâst, es thût nit not,
Man füllt eüch erst die sâck mit rhot.

Ruben.

1750. Mein Herr heysch von vns was er wôll
Zû jrrten, geben werden sôll.

Zaphnat.

Secht ewer Esel kommen her,
Nach notdurfft wol geladen schwer,
Nempt so für gût vnd faren hin,
1755. Volg Tachpen du mir nach hierin.

Simeon.

Ho ho wir sind gewunnen schon,
Eilt lieben brûder frisch daruon.

Zaphnat.

Auff Tachpen auff vnd jag jn nach,
Sy ziehen hin, eil mit der rach, [Wann]
1760. Wann du sy nu ergreyffst, so sprich,
Warumb habt jr betrogen mich?
Vmb gûts so bôß, ists nit das gschirr,
Darauß mein Herr trinckt, haben jr,
Vnd da er mit weissagen pflegt,
1765. Ist vnrecht das eüch ietz begegt.

1744 S môgen fûren. 1746 S steck. *Vor* 1750 O Kuben. 1751 jrrte: *Zeche (Zahlung).* 1755 S¹ hereyn S² herein. 1756 S seind. 1761 S *fehlt* jr. 1764 S¹ gflegt.

Tachpenes.

Mein Herr schweig nu, ich hab sein gnůg,
  Ich will den nechsten auff die lůg.
Nim war sy seind noch in der nch,
  Was schrci ich nit mit worten schmeh?
1770. Halt still jr månner haltct still,
  Merckt was ich mit eüch reden will,
Was habt jr bôß vmb gůtts gethon?
  Warumb habt jr nit ligen lon?
Das eüch nit zůgehôrt mit recht,
1775.   Meins herren trinckgschirr habt jr schlecht

Ruben.

Ach warumb redt doch solchs mein Herr?
  Das sey von deinen knechten ferr,
Sich da, wir hant herab gefůrt,
  Das gfunden gelt wie oberůrt,
1780. Auß vnser landtschafft Canaan,
  Wie solten wir den gstolen han? [Hiij Auß]
Auß deines Herren hauß in schand,
  Gold, silber, oder anderhand,
Bey welchem er ja funden würt,
1785. Der werd schlecht zů dem todt gefůrt,
Darzů wôlln wir auch allgemein,
  Meins Herren ewig diener sein.

Tachpenes.

Es sei ja wie du hast geredt,
  Bei wem sichs findt das er jn hett,
1790. Der sei mein knecht, jr aber quitt
  Sůcht flucks, knüpfft auff vnd saumpt eüch nit.

Ruben.

Du findst bei Adonay neit,
  Bei mir mein Herr, drumb fürbas schreit.

1768 S¹ nech. 1769 A schmech. 1775 S¹ *nicht eingerückt.*
1779 AS¹ obberürt S ob berůrt. 1781 AS² dann. 1786 A wôllen. 1791
und 1793 S¹ *nicht eingerückt.* 1791 S¹ vff, A fluchs.

Simeon.

Bei mir dergleichen lieber Herr,
1795. Sich da, was hastu ansproch mer?

Juda.

Mein herr, was mûhßt dich nur vmb sust,
Wir haben dir nichts außgewuschst.

Tachpenes. [Ich]

Ich hab eüch all ersuchet fein,
    Jetzt würt es an dem jüngsten sein,
1800. Hie hie hie, findt sichs wer jr seit
    Ins jungen sack, jr frûmmen leüt.

Juda.

O mortlichs mort, o hôchster Gott,
    O we, o we, der grôsten nott,
Wollauff mit nander in die statt,
1805.   O we, der grôsten missethat.

Beniamin.

So war mein brûder lebt, ja Herr,
    Weyß ich nit von dem handel schwer,
Hab auch im gantzen leben mein,
    Vor diebstal, mich gehûtet rein,
1810. Wie ist nu on mein wissen gar,
    Der bâcher, zû mir kummen har.

Juda.

Mein brûder, laßt vns eilen seer,
    Es steht noch vor dem hauß der Herr,
Er hat vns wol zuhôren mûß,
1815.   Wir wôlln jm fallen all zûfûß.

1795 A anspruch S ansprach. 1797 außgewuschst *vgl. zu 157, hier trans.: schnell wegstipitzen.* 1797 S außgewust. 1798 A alle. 1803 A grossen. 1812 A brûder laß, S² brûder. 1815 A wôllen, *fehlt* all.

Zaphnat. [Hiiij Sich]

Sich da, mein völcklin dritt daher,
  Ir männer, was ist nu der mer?
Was ist das für ein hüpsche sach?
  Die jr volbracht, mit vngemach,
1820. Wüßt jr nit das ein söllcher mann?
  (Wie ich) die ding erratten kan.

Juda.

Was soln mein Herren sagen mir?
  Was soln wir reden hie vor dir?
Oder was solten wir doch hie?
1825. Fürwenden thůn wann oder wie,
  Gott hat die müßthat deiner knecht,
Gefunden, nu so merck mich recht,
  Wir vnd bey dem da funden ist,
Der bächer, seind zů diser frist,
1830. Meins Herren knecht all in gemein.

Zaphnat.

Das sey ferr von mir, o we nein,
Bey dem der bächer funden ist,
  Der sey mein knecht, du aber bist,
Mit deinen brůdern ledig loß,
1835. Ziecht hin mit friden auff die straß.

Juda. [Mein]

Mein Herr, hör deinen knecht des orts,
  Mit günstigen ohren noch eins worts,
Mein Herr, dein zorn ergrimm mit nicht,
  Als über deine knecht auß pflicht,
1840. Dann du bist gleich wie Pharao,
  Als wir nu vor dir stunden da,
Fragt vns sein knecht, mein Herr vnd sprach
  Habt jr vatter vnd brůder nach,

1827 S² *fehlt so.* 1837 A orn. 1841 S do. 1842 *fehlt in S², wo der Vers eine neue Seite eröffnen müsste, trotz Fv,* Fragt. 1843 AS² noch.

Gaben wir antwurt, wie jm war,
1845. Ein alten vatter hand wir zwar,
Dem seind zwen sûn im alter gborn,
Dauon hat er den ein verlorn,
Den andern, hat er seer in hût,
So überblib, meim vatter gût,
1850. Da sprachstu, bringt jn her, mein sûn,
Das ich mein augen werff auff jn,
Da sagten wir, er kan mit nicht,
Von seinem vatter kummen leicht,
Vnd wa er von jm kummen solt,
1855. So müßt sein vatter sterben boldt,
Da sprach mein Herr, er kumm dann her,
Solt jr mich sehen nimmermer,
Da zogen wir gen Chanaan,
Zû deinem knecht, sagten jm an, [H v Meins]
1860. Meins herren red, dem vatter mein,
Als er nu sprach, zicht wider hein,
Vnd kaufft vns zessen, sprachen wir,
Wir kündens nit, glaub vatter mir,
Es sei dann, das du mit vns sendst,
1865. Den jüngsten brûder, anders wendst,
Das wir nit ziehen, dann wir ye,
Des manns angsicht nit sehen (wie
Du weyßt) sei dann mit vns vorab
Mein brûder, vnser jüngster knab.
1870. Spricht vnser vatter da dein knecht,
Mir seind geboren, lieber secht,
Vom letsten weib im alter zwen, [Der]
Der ein thet von mir aussen gehn,
Den sagt man mir zerrissen sin,
1875. Biß her, hab nit gesehen jn,
Fürt nu jr disen auch daruon,
Vnd jm ein vnfall würt zûston,

1844 AS antwort. 1846 A geborn. 1849 S mein. 1850 A bring, sun. 1855 AS² baldt. 1858 OS¹ Chanaam S² Canaan. 1861 A ziecht S zeicht, A nein S hyn. 1867 A angesicht. 1872 S¹ lesten. 1874 S sein. 1875 S² *hat nach* her *kein Komma, schiebt nach* hab *ein* ich *ein.*

So fürten jr mein grawe haar,
  Mit jamer in der hellen gfar,
1880. Vnd nu so ich zum vatter kem,
  Vnd nit den knaben mit mir nem,
Weil nu sein seel an disem hangt,
  Souil seins vatters hertz belangt, [Ge-]
Geschichts, das er mit schwerer bürd
1885. Stirbt, wann er jn nit sehen würd,
Dann würden wir die knechte dein,
  Deins knechts graw haar, des vatter mein,
Mit jamer vnd mit vngefell,
  Hinunder bringen in die hell,
1890. Dann ich dein knecht, bürg worden bin,
  Für disen mein Beniamin,
Gen meinem vatter mich versprach,
  Ich wölt die schuldt vnd vngemach,
Mein lebtag tragen, wa ich nit
1895. In, bring dir wider loß vnd quitt,
So will nun ich meins Herren knecht,
  Ans knaben statt, hie bleiben recht,
Vnd laß nun wider ziehen hin,
  Den knaben, mit den brüdern sein,
1900. Dann wie soll ich zům vatter gohn?
  On disen sein geliebsten son,
Ich müßt mit augen sehen klar,
  Meins vatters jamer jmmerdar.

Zaphnat.

Wie kan ich mich erhalten mer?
1905. Ghet all jr diener von mir fer, [Hau]
Hau hau, ich můß bekennen frei,
  Mein brůdern klårlich, wer ich sei,
Bin Joseph, lebt mein vatter noch,
  Sich da ich bins, drett zů mir doch.

1878 A graw. 1887 S vatters. 1892 A vorsprach. 1896 A herrn.

Petrus.

In O und A wieder die Holzschnitte aus 1, 1. [Mich]

1910. Mich dunckt bei disen worten Christ,
Ich sech yetzt wie du gtretten bist,
In vnser mitten, da wir all,
All eylff versamlet warn zumal,
Gedachten deiner vrstånd da,
1915. Pax vobis, was schreckt eüch also?
Sprachstu Herr Christ, secht fůß vnd hånd
Ich bins, sthet Luce an dem end.

Zaphnat.

Ich bin Joseph den jr verkaufft
Hie her, darumb nit von mir laufft,
1920. Bin ewer brůder, denckt nun nicht,
Das zorn sei über gmelter gschicht,
Dann Gott hat mich für eüch gesant,
Von wegen ewers lebens bstant,
Diß ist der thewrungs ander jar,
1925. In fünffen würt kein ernde gar,
Noch pflug, drumb mich Gott wie gemelt,
Zurhalten eüch hieher gestelt,
Vnd durch ein groß erretten das,
Nit jr, sprich ich, habt mich dermas
1930. Gsant, sonder Gott hat mich gesetzt,
*Zům vatter Pharo vnuerletzt, [Seim]
Seim gantzen hauß zur oberhand,
Zům Fürsten in Egypten land,
Eilt nu vnd ziecht gen Canaan,
1935. Zů meinem vatter, sagt jm an,
Da laßt dir dein verlorner sůn
Joseph, vatter zuwissen thůn,
Das jn Gott hat mit grossem pracht,
Ein Herrn in gantz Egipten gmacht,

1912 S² vnsern. 1926 A gmelt. 1927 A zur halten. 1936 A son S² Son.

1940. Entpeüt dir, das du kommen wolst,
Hinab zů jm, dann merck du sollst,
Im land zů Gosen bei jm sein,
Sampt kind, kindskind, das vihe dein,
Da wŏll er dich versorgen zwar,
1945. Es folgen noch fünff theüre jar,
Sich ewer augen sehen klar,
Mit sampt Beniamin fürwar,
Wie ich eüch mündtlich selb bescheyd,
Mein vatter sagt mein herrligkeyt,
1950. Was ihr hie habt gesehen mer,
Eilt nu, vnd bringt jn zů mir her,
Komm her mein lieb Beniamin,
Vmbfahen dich staht mir mein sinn,
Heu, heu, mein hertzger brůder mein,
1955. Mein brůder, kummen all hierein, [Laßt]
Laßt vns vereinen mit dem kus,
Volgt mir nach einher on verdrus.

Actus Quinti Quarta Scaena.

Pharo befilcht nach dem ym angesagt ward, wie
Josephs brůder kommen wern, sein vatter sampt
seim gantzen gesind hinab zů bringen, zie-
hen die brůder hin.

TACHPENES, PHARAO, ZAPHNAT.

Gott wŏll das Pharo ewig leb,
Vnd das er mir mit willen geb,
1960. Meins herrn des Landtuockt newe freyd,
Für jn zebringen mit bescheydt.

Pharao.

Was bringstu news mein gůter man?
Was freyden ist ietz vff der ban?

1941 OAS¹ soltst. 1943 O kinskind. 1955 S¹ hereyn S² herein.
5, 4 S² Actus Quarti Scena V. 1962 S² newes. 1963 AS² auff.

Tachpenes.

Joseph mein herr Zaphnat genant,
1965. Meim hern dem Künig macht bekant, [Mit]
Mit worten laßt dir sagen an,
Sein brûder seind aus Canaan,
Zû jm heraber kommen all,
On gferd in diser thewrung qual,
1970. Als seim getrewsten Herren schon,
Wolt ers nit vneröffnet lon.

Pharao.

Das hôr ich gern ist es also,
Er kompt, ich wills wol hôren do.
Seind deine brûder Zaphnat hie?
1975. Wann seind sy kommen oder wie?

Zaphnat.

Gott geb meim Herren gûtte zeit,
Ja Herr, dein knecht seind kommen heüt,
Vmb korn vnd narung für jr hauß,
Die thewrung truckt sy vberauß,
1980. Ghe Tachpenes du wider nhein,
Vnd heyß sy weylend warten mein.

Pharao.

So sag dein brûdern, thût also,
Beladet ewer Esel do,
Zücht wider heym in ewer land.
1985. Vnd bringt her ewern vatter bsand, [Mit]
Mit all seim gsind herab zû mir,
Ich will jm geben hie darfür,
Der gûtter in Egypten land,
Das er soll essen one schand,
1990. Das marck im land, so gpeüt im nun,
Das sy nach meinem willen thun,

1984 A Zeücht S² Ziecht. 1990 S¹ gepeüt. in?

Nempt wagen hie für ewer hab,
Vnd schont nit ewers haußrots drab,
Dann es solln ewer sein für war,
1995. Die gůtter in Egypten gar.

Zaphnat.

Ich halt dich billich one moß,
Für ander Künig, Pharo groß,
Sich hant nach deinem willen grat,
Dein knecht gehalten frů vnd spat,
2000. Mein Herr, erlaub mir zů jn frei,
Dein Maiestat gesegt hiebei.

Tachpenes.

Sich da mein herr kompt eben recht,
Sy wöllen Herr, nim bleiben schlecht,
Ghe zu jn nhein sy seind gerüst,
2005. Ich mein das nie meer gschehen ist, [J Der]
Dergleichen wunders in der welt,
Seit sy Gott hat im anfang gstelt,
Würt auch dauon in ewigkeyt,
Geredt in landen weit vnd preyt,
2010. Nim war sy ziehen schon daruon,
Will recht nun wider einhin gon.

Actus Quinti Quinta Scaena.

Hie ziehen die brůder mit freyden wider heym, sagen
yrem vatter an, wie Joseph leb, vnd ein Herr in
Egypten sey, welchs er nit glaubt biß er
die Egyptischen wågen sach, macht
sich auff vnd zoch eylend daruon.

SIMEON, SEBULON, RUBEN, JACOB.

FVrwar ich hat das nit geschetzt,
Das ich solt wider vngeletzt,

1996 S maß. 5, 5 S freüden, sahe, zohe.

Hin dise straß gefaren sein,
2015. Hat mich verwegen lebens mein, [Da]
Da jr verzogen also lang,
Zů kommen, wie was mir so bang.

Sebulon.
Wir weren ee gewessen hie,
Wolt vns der vatter lassen ye,
2020. Beniamin her fůren nit,
Da ist die zeit verschienen mit,
Hui lieben brůder treyben seer,
Das vnser vatter entlich hôr.
Die gůtte bottschafft von seim sůn,
2025. Durch den wir mögen leben nun,
Vnd der vns hat so hoch begobt,
Beniamin jn billich lobt,
Dem er dreihundert silberling,
Sampt fünff feyrkleidern nit gering.

Simeon.
2030. Vnd vnser eim nit me dann eins.

Ruben.
Wir hand vmb jn verdienet keins,
Ists das nu das er vns beual?
Wir solten gar nit vberall, [Jij Mit]
Mit worten vns bezancken fast,
2035. Auff vnser reyß in keynen last.

Sebulon.
Laßt also sein, was hat es noth,
Secht, wer vor vnser thüren stath.

Jacob.
Ich will mich machen auff den plan,
Meim sůn zuwarten, hicher stan.

2018 S² ehe, AS² gewesen. 2021 AS² verschinen. 2024 AS¹ son S² Son. 2032 S¹ befalh. 2037 A statt S stoht. 2039 A Mein son S² Mein Sůn.

Ruben.

2040. Es ist der vatter Sebulon,
Ich kans nit vnderwegen lon,
Erlaubt mir, das ich sei der bott,
Gib vatter mir das pottenbrott,
Dein Joseph lebt in grossen eehrn,
2045. Gott hat ihn gmacht ein reichen herrn.

Jacob.

Seit mirs wilkummen lieben sůn,
Die bottschaft frewt mich obenhin.

Ruben. [Er]

Er lebt fürwar, on allen spott,
Hôr vatter, was er dir entpott,
2050. Dir laßt Joseph als dein sůn,
Ein herr im land, zuwissen thůn,
Ich bin im land Herr vnd Regent,
Kumm zů mir vatter her gerent,
Dein wonung soll zů Gosen sein,
2055. Nach bei mir, mit den kinden dein,
Dein kindskind, darzů all dein vich,
Was dein ist, will versorgen ich,
Es folgen noch fünff theüre jar,
Auff das du nit verderbest gar,
2060. Zů vrkund des, vnd sichrung mer,
Hat er den wagen gsåndet her,
Dazů die zehen Esel gůtt,
Mit frucht beladen, schicken thůt,
Auch zehen Eselin mit brott,
2065. Das wir zů reysen haben rott.

Jacob.

Ich hab genůg das Joseph lebt,
Ich will ihn sehen weil er webt,

2044 A grossenn eehren. 2052 O Kegent. 2061 S² gesendet.

8

Helfft mir flucks auff den wagen schnell,
Treibts vich hernach, thût auff die ståll [Jiij Fart]
2070. Fart hin fart hin schnell on verzuck,
Laßt ligen Canaan zû ruck.

Actus Quinti Sexta Scaena.

Joseph zeücht seim vatter entgegen biß gen Gosen, Jacob opffert zû Bersaba, eröffnet wie yn der Herr im gsicht der reiß getröstet hab sampt aller verheissung, findet Joseph, weynen sere mit einander, fürt sie Joseph zû Pharo, der gibt ym macht im land zû wonen.

ZAPHNAT, JACOB, RUBEN, PAULUS, PHARAO, DAUID, CHRISTUS.

SPant an mein wagen flucks vnd balt,
Zû bgegnen meinem vatter alt.

Jacob.

Ist dis nit da wir faren hin?
2075. Hie Bersaba, mein lieben sûn. [Ruben]

Ruben.

Es ists, woltstu da keren ein?

Jacob.

Ja gern, möcht es mit willen sein,
Ich hab ein widder auff dem wagn,
Den wölln wir hin zum altar tragn,
2080. Vnd opffern vnser våtter Gott,
Ein opffer für das bottenbrot,
Zünd du Ruben das opffer an,
Will ich die weil anbetten gan.

2068 A fluchs. 2070 S schnelle. 2071 S¹ Canaam. 5, 6 AS² gesicht S¹ gesycht, A seer. 2073 AS begegnen. *Nach 2075 fehlen im Münchener Exemplar von A zwei Blätter (v. 2076—2127).*

Ruben.

Hab frid vatter vnd sorg nu nicht,
2085. Ich wills bald haben außgericht.

Jacob.

Allmåchtger vatter ewiger Gott,
Du hülffst allein auß aller not,
Der du vns schlegst vnd wider heylst,
Dôtst vnd das leben auch mit theylst, [Jiiij Fürst]
2090. Fůrst in die hell vnd widr herauß,
Hülff das ich meinen sůn erknauß.

Holzschnitt: Jacob kniet mit ausgestreckten Händen vor dem Altar, auf dem der Widder verbrennt; neben Jacob liegt sein Reisehut. Bäume, Berge im Hindergrund.

Ruben, wir wôllen hie daruon,
Hilff mir doch auff den wagen schon,
Wollan ich sitz, fahr frôhlich für,
2095. Noch will ich eins nit bergen dir, [ ]
Der Herr ist mir zů Bersaba,
Erschienen, als ich opffert da,
Jacob, Jacob, hie bin ich Herr,
Ich bin deins vatters Gott, sprach er,
2100. Fôrcht dich nit vor Egiptenland,
Dann ich will dich mit starcker hand,
Zům grossen volck da machen seer,
Will mit dir hin vnd wider her,
Vnd Joseph soll die hânde sein,
2105. Dir legen auff die augen dein.

Ruben.

Das sey gelobt herr Sebaott,
Abram, Isac, vnd vnser Gott.

2084 S² nur. 2086 S Allmächtiger. 2090 S wider. 2091 erknauß verstehe ich nicht recht. Lautlich möglich ist die Erklärung „heftig umarme" „ans Herz drücke".

Jacob.
Wa sint wir aber jetz im landt?

Ruben.
Die gegent ist Gosen genandt,
2110. Da wir soln vnser wonung han,
Ich sich wol dort Josephen sthan.

Jacob. [Iv Ist]
Ist das Joseph so bleib ich nit,
Heb still biß ich vom wagen trit,
O Joseph aller liebster sůn.

Zaphnat.
2115. O vatter trauter vatter schon.

Jacob.
Nu will ich Joseph gern vorab,
Sterben, so ich dich gsehen hab.

Paulus.
Auff dise weiß hat auch geret,
Herr, Simeon in seim gebett,
2120. Nu laß mich Herr im friden dein,
Hinfaren, seit die augen mein,
Dein heyl gesehen vnd den glast,
So du den vôlckern breytet hast,
Die Heyden zů erleüchten klar,
2125. Zum preiß Israels deiner schar.

Zaphnat.
Nit weyn traut lieber vatter mein,
Merck was nu will von nôtten sein,   [Wir]
Wir wólln gemelich abhin ghon,
Vnd jr fünff brůder zů Pharon,
2130. Das ich jm ewer zůkunfft sag,

2108 S seind. 2117 S geschen. 2128 S gemechlich.

Vnd was noch mehr sey ewer btrag,
Wann er eüch nu berůffen thůt,
Vnd fragt nach ewrem gwerb vnd gůt,
So sagt, dein knecht seint sollich leüt,
2135. Vichhürten, können anders neüt,
Von vnser juget auff biß her,
Beyd wir vnd all vnser våtter,
Auff das jr wonen mögt im land,
Dann hürten hålt man hie für schand,
2140. Ir aber sollen warten hie,
Auff weittern bscheyd an zorn vnd mie,
Vnd das wir aber auff dem weg,
Zů ghon vatter nit werden treg,
So laß ein gspråch vns heben an,
2145. Seit wir sein lang gemanglet han.

Jacob.

Mein sůn sag an, mach mir bekant,
Dein stoht, vnd wer dich her gesant.

Zaphnat. [Got]

Gott hat mich gesant für eüch her,
Da forscht nit vatter weitter meer,
2150. Auff das er eüch durch mich erhielt,
Sein volck, das er selbs hat gezielt,
Vnd nit on mercklich wunderwerck,
Hat mir auß lauttern gnaden sterck,
Dermassen gnad für Pharo gen,
2155. Das er mich macht on alle spen,
Ein herrn im land, das ist mein staat,
Ein weib im land mir geben hat,
Hat mir zwen sůn, mich recht vernimm
Geborn, Manassen, Epffraim.

Jacob.

2160. Nimm war mein sůn auffs aller best,
Du solt das glauben mechtig fest,

2134 A solliche. 2136 A jugent. 2141 S² müh. 2147 S² staht.
2159 AS Ephraim.

Das mir der Allmåchtige Gott,
Im Chaner land erschienen hat,
Zů Chus, gesegnet mich vnd sprach,
2165. Ich will dich größlich meern hernach,
Zum grossen volck ja machen dich,
Diß land deim samen ewigklich,
Zů eygen gen, so merck mich nun,
Mein sollen sein, dein beide sůn, [So]
2170. So dir allhie geboren sind,
Mich erben wie mein leiblich kind,
Die andren, so du nu gebürst,
Die selben, selber haben würst.

Zaphnat.

Mein vatter, du hast alles macht,
2175. Wa wir jetzt aber seind, das acht,
Sich dort, diß ist meins Herren hoff,
Des küngs Pharonis, den ich hoff,
Auffnemen můß mit gnad vnd gunst,
Nimm war er kumpt, wie ich jn wunscht,
2180. Der ists, vmb den trabanten sthon,
Bleibt jr nur hie, so will ich ghon,
Für eůch an jn thůn suppliciern,
Ee ich eůch růff mit procediern.
Gott wöll, das mein Herr künig leb,
2185. An welchs genad allein ich kleb,
Sich da mein Herr, was ich dir sag,
Dein knecht mit all jrem betrag,
Mein vatter, brůder, vnd jr vich,
Mit kind, kindskinden sammetlich,
2190. Seind kummen auß Chananschem land,
Welchs sie nu als, zů Gosen hand, [Kumpt]
Kompt her mein brůder bald gering,
Mit zůchten trettet für den Küng.

2162 S¹ *Druckf.* Allmåchtigige. 2172 S² andern. 2177 A künigs
S² Künigs. 2183 S² Ehe. 2185 S² welches gnad. 2193 S² tretten.

Pharao.

Was ist jr månner ewer gwerb?

Ruben.

2195. Gott geb das Pharo nimmer sterb,
Dein knecht seind hirten all gemein,
So dise thewrung treibt hierein,
Bei eüch zewonen in dem land,
Dann wir fürs vich kein fůter hand,
2200. So laß mein herr doch seine knecht,
Im land zů Gosen wonen recht.

Pharao.

Sich da Zaphnat, es seind dir zwar,
Vatter vnd brůder kommen har,
Das land dir offen stoht hin fort,
2205. Laß wonen sy am besten ort,
Zů Gosen nemlich in dem land,
Vnd so sy gschickt leüt bey jn hand,
So dichtig vnd geflissen sind,
Setz sy vber mein vich geschwind. [Zaph-]

Zaphnat.

2210. Trit vatter auch für Pharao,
Diß ist o Küng, mein vatter do.

Jacob.

Der Herr gesegne Pharo dich,
Sampt deinem hauße ewigklich.

Pharao.

Mein alter, sag mir freüntlich her,
2215. Wie allt bistu wol ongeuer.

Jacob.

Meinr walfart zeit zů diser frist,
Droissig vnd hundert jare ist,

2199 S¹ han. 2204 AS¹ stat S² staht. 2208 S seind. 2215 S vngefer. 2216 S² Mein.

Bôß vnd gar wenig ist die zeit,
　Meinr walfart welche langet weit,
2220. Nit an die zeit der våtter mein,
　So seind in jrer walfart gsein,
Vnd nu der Herr gesegne dich,
　O Küng behût dich ewigklich,
Der Herre laß sein angesicht,
2225. 　Das es sich vber dich erlicht, 　[Vnd]
Vnd sei dir gnådig Pharao,
　Der Herre erheb sein angsicht do,
Ja über dich, vnd geb dir frid.
　Des Herren geyst geleyt dein trit.

Zaphnat.

2230. Geht mir nach all hierein gemein,
　Beyd, vatter vnd jr brûder mein,
Den nechsten in das bstimpste land
　Wie jr vom Küng vernummen hand,
Da will ich eüch versorgen roth,
2235. 　Wie man pflegt junge kind mit brott.

Dauid.

Damit stimpt mein gesang Herr Christ,
　Darinn du Herr vermeynet bist,
Er hat den armen außgestreyt,
　Begabet in gerechtigkeyt.

Christus.

2240 Das thût mein fleysch das ware brot,
　Johans am Sechsten bschriben stot.
Ich bin das brot vom himml herab,
　Wer glaubt an mich das er jm hab, [Das]
Das ewig leben, bleibt in mir,
2245. 　Vnd ich in jm nun fort hinfür,

2223 AS² Künig. 2227 S¹ angesycht S² angesicht O angsich.
2230 A Gehe. 2241 S² Johanns, staht. 2242 A himmel S Hymmel.

Ob schon sein leib zů růw entschlafft,
Schmeckt er doch nit des todes krafft,

Holzschnitte in O und A wie 1, 1 u s. w.

[K Durch]
Durch dise speiß im geyst ans wort,
On welchs in jm kein leben fort,
2250. Dem schon kein schleck mag hie entgan,
Würt doch sein seel groß mangel han,
Darinn sy stets stirbt hungers todt,
Sein hell also den anfang hot,
Biß zů der letsten zůkunfft mein,
2255. Alls denn würts als vollendet fein,
Die aber glauben mir erweißt,
Mein blůt getrenckt, mein fleysch sy gspeißt
Werd fůren in meins vatters reich,
In ewig leben selligklich,
2260. So volgt mir wider liebsten nach,
Von hinnen in die wolcken hoch.

Nun volget der beschluss diser
vorgonder Commedia, würt
also durch den Herolt
zů den zůhörern ge
redt vnd auß-
gerůffet.   [ ]

2246 S rhůwe, O entschafft A entschlaft. 2250 schleck: *Leckerei*.
2253 S hat. 2254 = 120. 2255 AS² sein. 2256 S² glaubend. 2257 O .
nicht eingerückt. 2259 A seligkleich. *S² hat eine kunstvoll verschlungene
Schlussarabeske.*

Holzschnitt: der Herold, wie im Eingang.

Conclusio.

Groß günstigen lieben herren mein,
   Sampt sonders beide groß vnd kleyn [Kij Was]
Was wesens, stands, vnd wer jr seit,
2265.   So vnßrem fleiß gedient die zeit,
Erbieten wir mit grossem danck,
   Das zů erwidren one zwanck,
In massen doch das in dem vall,
   Der will eüch für die werck gefall,
2270.   Seit wirs im besten han gedicht,
   Zur eer des Herren angericht,
Vnd nit zů bschweren jemand denckn,
   In keinen weg als vmb geschenckn.
Noch jemand zů stumpfieren mit,
2275.   Alleyn wie auch die vorred gibt,
   Zů bweissen mit der gschicht gschrifft,
Wie sy den Christ des herren trifft,

In S *über dem Holzschnitt*: Heroldt *darunter* Beschlussz (S² Beschlusz). 2262 A herrn. 2265 A vnserm, S² gedienet. 2267 A erwidern. 2270 A bestem. 2271 A Herrn. 2272 f. S dencken : geschencken. 2274 A stumpfiern. stumpfieren : *schädigen, beleidigen*. 2277 A herrn.

Das er ins fleysch geboren sey,
Verkaufft, getödt, erstanden frey
2280. Gen himmel gfarn, sitzt in der Chur,
Ein ewger Küng richt nach der schnur,
Kånt keyn person im vrtheyl sein,
Des wir einmündig preißen jn,
Nun vnd in ewigkeyt on end,
2285. Sey jm all eer vnd glori bkendt,
Noch ferrer aber lieber Christ, [Dis]
Dis vnser hertzlich bitten ist,
Nach dem du hast erlernet klar,
Das man keyn andren warten dar,
2290. Der vns erlößt vom tod vnd hell,
Dann diser Jesus der so hell,
Durch alle schrifft geteüttet ist,
So, das an allem nichts gebrist,
Beyd, in dem leiden vnd daruor,
2295. Auch wie er würd verneinet gar,
Von Juden vnd auch ander leüt,
Da ist er mit auffs gwißt bedeüt,
Dann die sich riemen Christen hoch,
Erbietn jm schier die gröste schmoch,
2300. Das lan wir stan, es leit am tag,
So neyg dein ohr, merck was ich sag,
Nim dich eins newen wandels an,
Fleyschlicher lüst sollt widerstan,
Als der vom Teüfel bist erkaufft,
2305. Wa man nit wider zů jm laufft,
Noch eins bit, klaub nit auß dem spil,
Was dich zům argen reytzen will,
Sonder was Göttlich vnd was schlecht,
Als Josephs leben, bschets recht, [Kiij Vnd]
2310. Vnd tragets mit eüch heim zehauß,
Verbessert ewer leben drauß,

2280 S gefarn. 2281 AS² ewiger, A künig S² Künig. 2298 A rümen S rhůmen. 2299 AS erbieten, S schmach. 2303 S² list. 2309 S² bsehts. 2310 S tragts, zů hauß.

>   Gott gsegn eüch all ohn vnderscheyt,
>   Sei Christo preiß in ewigkeyt.
>   Personen tret her auff den plan,
> 2315. Wir wŏlln hie mit von dannen gohn.
>   Amen.

>   Getruck zů Straßburg bei
>   Sigmund Bund ꝛc.

>   Im Jar M. D. XL.

2315 A wŏllen. Amen *fehlt in* S. A: Getruckt zů Augspurg bey Hainrich | Stayner, imm Jar | M. D. XLII. — S¹: Getruckt zů Straßburg, bey Jacob | Frŏlich. Im Jar, M. D. XLVI. — S²: Getruckt zů Straßburg am Korn- | marckt, bey Christian Müller. | Im Jar, M. D. LIX. *Leiste.*

BEMERKUNG:

Die Personenverzeichnisse sind in den alten Drucken nicht mit grossen Buchstaben gegeben; ich konnte die Aenderung bei der Correctur nicht mehr tilgen. Dagegen fielen mir erst bei der Correctur ein paar Fehler meiner Abschrift auf, so dass die Verzeichnisse der Einleitung in einigen wenigen Fällen nicht genau zum Text und Apparat stimmen.